KB251992

VIENS

나는 혼자고 지금은 밤이다

VIENS

일러두기

1. 이 책은 1969년 마르그리트 뒤라스가 서문을 쓰고 엮어 출간한 바바라 몰리나르의 소설집 《VIENS》(Mercure de France)를 우리말로 옮겼다.
2. 주는 모두 옮긴이의 것이다.
3. 외국 인명, 지명, 독음 등은 외래어표기법을 따르되 관용적인 표기와 동떨어진 경우 절충하여 적었다.
4. 원문에서 대문자나 이탤릭으로 강조한 부분은 굵은 글씨체로 썼다.
5. 단행본은 《 》로, 시, 노래, 단편소설 등의 제목과 신문, 잡지명은 〈 〉로 표기했다.

차례

서문
마르그리트 뒤라스

바바라 몰리나르는 시골의 큰 집에서 살고 있다. 그곳에서 하루에 열두 시간씩 혼자 지낸다. 그녀는 여덟 해째 글을 써왔다.

이 책에서 우리가 읽는 것은 그녀가 여덟 해 동안 쓴 글 가운데 극히 일부, 어쩌면 100분의 1 정도에 지나지 않는다. 나머지는 모두 폐기되었다.

바바라는 글을 쓴다. 그리고 찢는다. 계속해서 글을 쓴다. 그리고 다른 사람, 그녀가 (몇 달 전부터) '적'이라고 부르는 이가 그녀가 쓴 것을 찢는다.

바바라 몰리나르가 쓴 모든 글은 찢겼다.

서문에 이어서 나올 텍스트들 역시 찢겨 있었다. 그

것들은 다시 쓰이고, 또 찢기고, 또다시 쓰인다. 몇 번이나? 그녀도 모른다. **필요한 만큼** 몇 번이고, 다시 말해 고통의 극한까지, 의미가 그 근원의 완전한 어둠 속으로 고통의 모태 속으로 다시 가라앉을 때까지.

바바라는 쓸 때만큼이나 세심하게 글을 찢는다. 특정한 방식에 따라. 각각의 종이는 네 부분으로 나뉜다. 그렇게 찢어진 조각들이 차곡차곡 쌓여 더미를 이룬다. 재와 종이의 중간 단계인 이 더미, 이 무더기는 일정한 시간 동안 그녀의 책상 위에, 그녀의 눈앞에 머물러 있다. 그런 다음에는 불태워진다. 아마도 그럴 것이다.

바바라는 휴가 중 5주 동안 날마다 온종일 호텔에서 글을 쓴 적이 있다. 그리고 늘 하던 대로 모든 것을 폐기하고는 아무것도 기억하지 못했다. 이렇게 자취 없이 사라진 원고가 꽤 많다.

이 책이 묶이기 전 고통은, 폐기하라는 명령이 바바라를 덮치고 그녀가 온 힘을 다해 그 명령과 싸우던 그 순간에 가장 극에 달했다. 명령에 **순응**하고 난 이후에는 바바라가 잠시나마 안식을 얻었기 때문이다. 이 안식 덕분에 그녀는 희망을 다시 품고 '적'으로부터, 그녀의 책상을 매일 감시하고 모든 것을 살해하는 살인자로부터 다시 달아날 수 있었다.

이 안식, 이 희망은 사실 그녀에게 다시 폐기할 새로운 기회를 줄 뿐이었다. 그런 상태가 8년간 지속되었다.

지난 8년 동안 그녀의 남편과 나는 삶의 평범함을 내세워 바바라의 '적'에 맞서왔다. 우리는 자신의 글과 **'거리를 두고'** 그것을 적의 손이 닿지 않는 곳, 이를테면 출판사에 맡기라고 그녀에게 거듭해서 요구한 것이 폭력이었음을 모르지 않는다. 그녀는 저항하면서도 새로움을 갈구하고 있었다. 고통의 끔찍한 순환은 반드시 깨져야 했다. 고통은 지속되고 지속되리라. 하지만 그것은 다른 방향에서 덮쳐올 것이고 그 변화는 바바라가 자신의 구원으로 불러들이던 새로움이었다.

바바라는 여기에 동의했다. 원고를 내줬다.

예전에 그녀의 글을 읽은 적 있던 나는 그녀가 내놓지 않은 원고가 아직 남아 있음을 알았다. 나는 거듭 요청했고 그녀는 거절했다. 그런 상황이 몇 달 동안 이어졌다. 그러다 출판하기 직전에 그녀가 갑자기 그것들을 가져왔다. 〈와줘〉〈아버지의 집〉〈침대〉〈스펀지〉가 그 작품들이다. 바바라가 보관하던 이 네 작품은 그녀가 앞서 세상에 내던진 것들과 본질적으로 다르지 않다. 하지만 '적'에게는 먹이가 필요했으니 아마도 먹이로 주기 위해 남겨두었을 것이다.

제목이 '지하 납골당'인 작품에 관해 말하자면 바바라가 여러 차례 시도한 끝에 쓰기를 포기했기에 우리는 함께 그 줄거리를 재구성해보았다. 우리는 머뭇대지 않고 단 한 번의 작업으로 그 일을 해냈다. 이 **이야기**는 반드시 기록되어야 했다. 설령 말할 수 없는 것의 영역에서 이야기를 끌어올리기 위한 데 불과했더라도.

바바라는 자신이 소유한 집이 아닌 다른 집을 꿈꾼다. 그녀는 그 집이 존재하며 묘사할 수 있다고 말한다. 그것은 '고통의 창'을 통해서만 빛이 들어오는 닫힌 탑이다. 그 탑 안에서 그녀는 혼자 살고 아무도 찾아오지 않으리라. 그녀는 지금 사는 집이 너무 개방적이고 타인에게 지나치게 노출되어 있다고 느낀다.

그 탑 안에서 그녀는 글을 쓸 것이다.

이 책에 실린 글은 지어낸 것도 꿈을 꾼 것도 아니다. 이 글은 살아낸 것에 대한 기록이다. 그리고 살아낸 것에는 글쓰기도 포함되어 있다. 글쓰기는 경험이다. 그것은 고통이라는 여정 속에서 내딛는 한 걸음이다. 글쓰기가 없으면 부동(不動)의 고통을 견디지 못했을 것이다. 나는 확신한다.

바바라는 이따금 거리에서 느닷없이 어떤 얼굴, 누구도 알아채지 못하는 어떤 얼굴을 보고 두려움에 사로잡힌다. 그로 인한 괴로움은 며칠씩 이어지기도 한다. 도망쳐야 할 만큼 못 견딜 정도로 충격이 클 때도 있다. 도망치며 그녀는 자신이 본 얼굴을 집으로 가져온다. 그곳에서 그 얼굴을 바라본다. 삶 전체가 견딜 수 없는 것임을 확인할 때까지.

바바라는 지워진 얼굴을 보기도 한다. 그때 그녀가 집으로 가져오는 것은 그 얼굴을 생기 있는 얼굴로 바꿔야 한다는 압박감이다. 세상에 만연한 혼란 속에도 놀랍도록 일관된 게 있다면 그것은 다름 아닌 고통이다. 그 끔찍한 얼굴과 텅 빈 얼굴 사이에서 둘을 이어주는 것은 바바라의 고통이다.

인류는 결함투성이다. 도시도 결함투성이다. 교통수단은 형편없다. 우리가 그것을 놓치거나 그것이 우리를 원하는 곳으로 데려다주지 않는다. 그럼에도 몇몇 순진한 믿음을 지닌 사람들은 이 세계를 떠돈다. 사랑하고 섬기고 기다리는 불치병에 걸린 채.

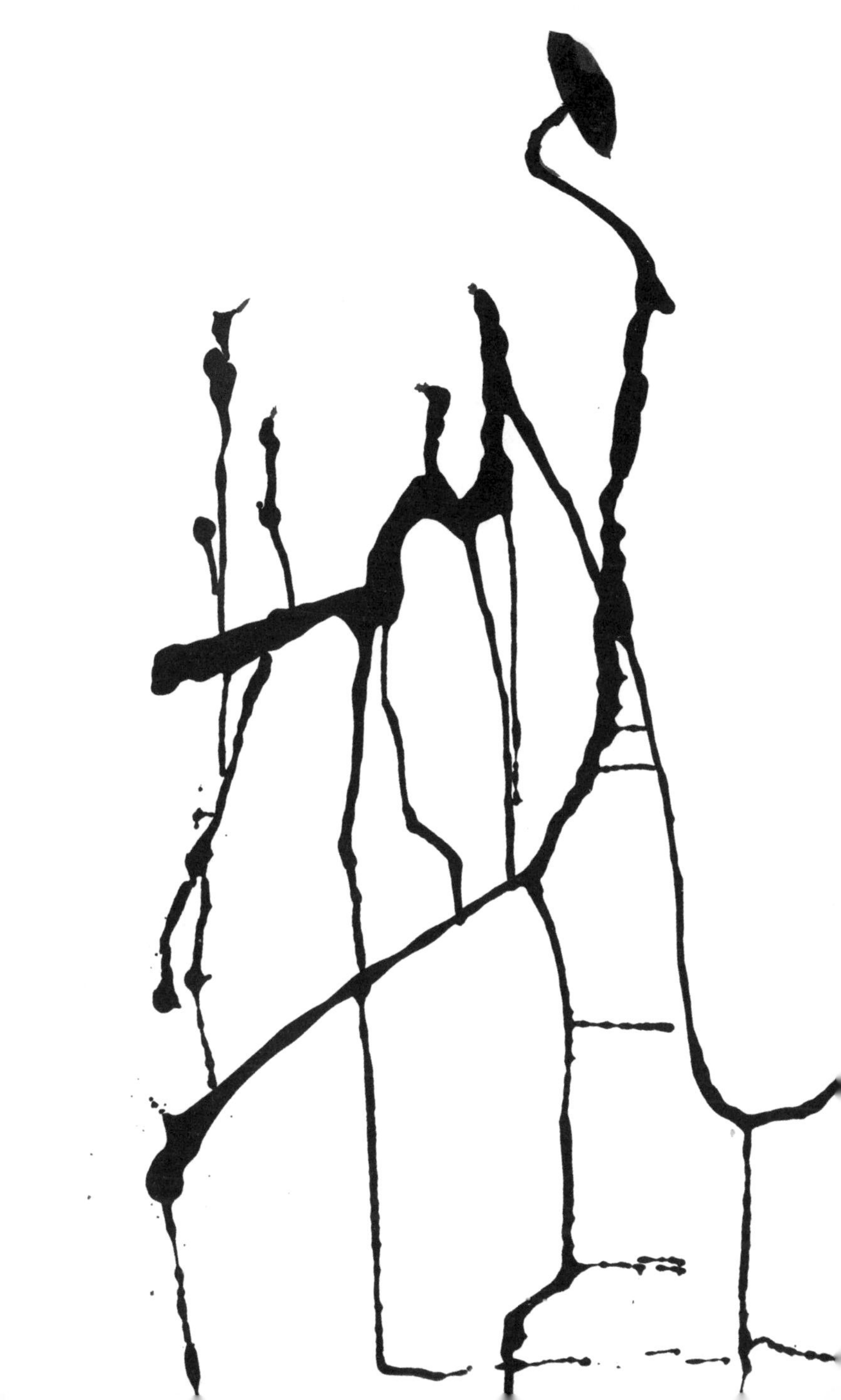

산타로사에서 오는 비행기

　"실례합니다, 산타로사에서 오는 비행기가 몇 시에 도착하나요?" 직원은 시간표를 확인한 뒤 산타로사발 비행기는 오후 7시 50분에 도착할 예정이라고 대답했다. 여자는 비행기가 산타로사에서 몇 시에 출발하는지, 경유지는 몇 곳이며 각 경유지에서 머무는 시간은 얼마나 되는지도 알고 싶어 했다. 직원이 바쁘게 움직이며 전화를 여러 통 걸었고, 필요한 정보를 얻어 전달했을 때 여자는 비행기에 승객이 몇 명인지 또 알고 싶어 했다. 기상 예보가 좋은지, 그리고 마지막으로는 사고의 가능성은 없는지를. 짜증이 난 직원은 다른 사람들이 차례를 기다리고 있다면서 어쨌든 그러한 질문에 대한 답은 자신의 능력 밖이라고 지적했다. 약간 당황한 여자는 미소를 지으며 사과하고는 자리를 떠났다.

밖에 나온 여자는 어느 방향으로 갈지 잠시 망설였다. 여자는 오른쪽으로 가서 왼쪽 첫 번째 길로 들어선 뒤 계속 직진하다 다시 왼쪽으로 돌기로 했다. 그러다 집 앞에 서 있다는 것을 깨닫고 몹시 놀랐다. 여자는 건물 3층으로 올라가 가방에서 열쇠를 꺼내 층계참 왼쪽 문 열쇠 구멍에 꽂고 돌린 다음 방으로 들어갔다. 오른쪽에 침대가, 그 옆에는 협탁 역할을 하는 작은 의자가 있었고, 방 안쪽에는 옷장이 자리했다. 옷걸이에 걸린 원피스 몇 벌과 코트, 세면대 왼쪽에는 작은 탁자 위에 놓인 간이 스토브와 수납장. 피곤한 기색으로 여자는 침대로 걸어가 다리를 늘어뜨린 채 벽에 등을 기대고 꼼짝 않고 가만히 앉아 있었다. 집에 돌아오면 이런 죽은 시간들이 있었다. 기다리고…… 또 기다리는. 모든 것이 희미하고 만질 수 없고 멀게만 느껴졌다. 이런 무기력 상태에 빠지지 않으려면 강한 의지가 필요했다. 그녀를 다시 제자리로 돌아오게 하는 건 대체로 물건들이었다. 여자는 무심코 자명종에 눈길을 두었고, 그것이 그녀를 현실로 되돌려놓았다. 낭비할 시간이 없다는 사실이 갑자기 떠올랐다. 비행기가 도착하기 전에 해야 일이 많았고 서둘러야 했다. 여자는 벗지 않았던 모자를 거울 앞에서 고쳐 쓰고 코트를 턴 다음, 방을 나서며 조심스럽게 문을 잠갔다.

크게 난 길을 따라 여자는 매우 급한 사람처럼 서둘러 걸었다. 이따금 상점 앞에 멈춰 황급히 진열창을 들여다보고 다시 걸음을 재촉했다. 한 상점 앞에서 좀 더 오래 서 있더니 몇 초간 고민한 끝에 단호하게 안으로 들어갔다. 풍만한 몸집에 무뚝뚝한 점원이 그녀를 맞이했다. 여자는 진열창에 걸린 원피스를 손가락으로 가리키며 입어보고 싶다고 말했다. 점원은 언짢은 듯 원피스를 가져다 건넸다. 원피스를 입어본 뒤 그녀는 다른 옷을 보여달라고 했다. 그리고 또 다른 옷을……. 하지만 항상 뭔가 마음에 들지 않았다. 점원이 점점 짜증을 냈지만 여자는 계속해서 이 옷 저 옷을 입어보며 아무것도 눈치채지 못한 듯 행동했다. 인내심이 다한 점원이 불쾌한 말을 내뱉었다. 여자는 마치 변명하듯 저녁에 중요한 만찬이 있다고 설명했다. 산타로사에서 친구들이 비행기로 도착한다고, 그래서 원피스가 당장 완벽하게 어울려야 한다고. 여자에게는 수선할 시간이 없었다. 이 설명에 점원은 무례하게 웃었다. 당황스러웠지만 여자는 몇 벌을 더 입어본 뒤 결국 빈손으로 가게를 떠났다. 등 뒤에서 문이 쾅 닫혔다.

큰길에서 여자는 비가 내리기 시작한 것도 눈치채지 못하고 걸음을 재촉했다. 모피 상점 앞에 서서 잠시 망설이다 안으로 들어갔다. 그녀를 맞이한 점원은 고객을 상대한 경험이 많아 처음부터 이 여자가 진지한 손님은 아니라고 판단했다. 그렇다고 여자가 보고 싶어 하는 컬렉션의 제품을 보여주지 않을 수는 없었다. 모피들이 하나하나 어깨에 올려질 때마다 마치 너무 무거운 짐을 짊어지기라도 한 듯 여자의 등은 조금 더 굽었다. 더 많은 모피를 살펴볼수록 등은 미세하게 더 굽어졌다. 그녀는 엄청난 피로감에 어지러울 지경이었다. 자비를 베풀어 멈추게 해달라고 누군가에게 애원하고 싶었지만 계속해서 한 벌 한 벌 모피를 입었다. 고집스럽게. 그녀에게는 진정한 악몽이 되어버린 이 상황을 멈출 권한이 없는 듯했다. 얼굴에 맺힌 굵은 땀방울을 보고 걱정스러워진 점원이 잠시 쉬라고 하지 않았더라면 그녀가 완전히 기진맥진해 쓰러질 때까지 계속되었을 것이다. 점원이 문까지 배웅했을 때 여자는 작은 목소리로 설명하려고 애썼다. 산타로사…… 비행기…… 친구들…… 저녁 식사……에 대해.

여자는 큰길 바로 앞 벤치로 걸어가 멍하니 앉았다.

떠돌이 같은 노숙자가 옆에 자리를 잡았다. 얼마나 가까이 앉았는지 팔꿈치가 닿을 정도였다. 그는 무릎 위에 낡고 기름때 묻은 신문지를 정성껏 펼치고 형태가 불분명한 음식물을 뒤적거렸다. 아직 뼈에 붙어 있던 살점을 뜯어 먹으며 크게 만족한 듯 보였다. 여자의 시선이 신문지 속 음식 찌꺼기에서 남자의 얼굴을 향해 무의식적으로 움직였다. 여자는 정신이 몹시 혼란스러운 가운데 어렴풋이 그 남자에게 부러움을 느꼈다.

그 뒤 여자는 더 이상 아무 생각도 하지 않고 지나가는 사람들을 바라보았다. 해군 두 명이 서로 팔짱을 끼고 보도를 지그재그로 걸어갔다. 한 부인이 유아차를 밀며 손으로 허공을 휘젓는 통통한 아기에게 연신 미소를 지어 보였다. 몽환적인 분위기의 금발 여자가 머리에 포마드를 바른 키 큰 남자의 팔에 매달려 환하게 웃었다. 팔에 책가방을 낀 학생들이 사과파이를 베어 물었다. 남자들…… 아이들…… 여자들…… 아이들……. 여자들…… 굴렁쇠, 연!…… 비행기! 갑자기 놀란 여자는 벤치에서 벌떡 일어나 도로를 건너 오른쪽 길로, 왼쪽 길로, 곧장 또 다른 길로, 다시 또 다른 길로 접어들었다. 이제 늦을까 봐 두려워 거의 뛰다시피 했다. 저녁 7시 50분! 과연 제시간에 도착할 수 있을까? 3층, 자물쇠에 꽂은 열쇠, 방. 찬물, 비누, 칫솔, 그런 것들에 기분이 한결 나아졌다. 거울 앞에 서서 빠르게 머리를 빗었고 번들거리지만 특별한 날에 찾는 다른 코트를 꺼내 입었으며 올이 나가지 않은 스타킹을 찾았다. 마침내 준비를 마치자 그녀는 가방을 들고 나섰다.

여자는 지하철까지 뛰어가 그 안으로 몸을 밀어 넣은 뒤 자리를 잡고 나서야 비로소 숨을 돌릴 수 있었다. 그러고는 여유 있게 노선도를 살펴보았고 버스 정류장까지 열두 정거장이 남았다는 것을 확인했는데, 그 버스는 그녀를 마침내 공항으로 싣고 갈 시외버스 정류장까지 데려다줄 것이었다. 이 여정은 끝없이 길게 느껴졌다. 늦을까 봐 몹시 겁이 났고 피곤하기도 했기 때문이다. 비행기 도착 시간을 놓칠지 모른다는 두려움이 여자를 불안으로 가득 채웠다. 시외버스 안에서 다리가 풀리고 손이 떨려 여자는 넘어지지 않기 위해 손잡이를 꼭 붙들고 서 있었다.

저녁 7시 50분! 엔진이 굉음을 울리며 비행기가 착륙했다. 여자는 거기 있었다.

많은 사람 속에서 여자는 승객들이 내리기를 기다렸다. 첫 번째, 그다음, 그리고 마지막 승객이 탑승교를 건넜다. 발끝으로 서서 여자는 한 사람 한 사람을 주의

깊게 바라보았다. 사방에서 팔을 들어 올리고 손을 흔들었다. 그건 서로 껴안고자 하는 갈망을 표현하는 말 없는 언어였다. 여자도 손을 들어 흔들며 모든 사람의 기쁨과 저마다의 행복에 동참했다. 그 뒤 세관 절차가 있었고, 승객들은 마침내 자유로워졌다. 입맞춤과 미소, 기쁨의 눈물과 웃음소리가 있었다. 우정 어린 말이, 사랑과 다정함이 담긴 말이 있었다. 이 모든 것이 있었다. 모든 것이. 여자는 그것을 모두 보았다. **전부.**

이제 텅 빈 대합실에 혼자 남겨진 여자는 집으로 돌아가야겠다고 생각했다. 시야를 흐리는 안개는 창문 너머로 보이는 빗줄기 탓이리라.

시외버스, 버스, 지하철. 왼쪽 길, 오른쪽, 직진, 다시 왼쪽. 계단, 문, 열쇠, 자물쇠, 그녀의 방.

침대에 앉아 벽에 등을 기대고 다리를 늘어뜨린 채 여자는 시간에 자신을 맡겼다. 그녀가 잘 아는, 그러나 죽지 않기 위해서는 도망쳐야만 하는 이 죽은 시간 속에. 그럼에도 여자는 오늘 하루를 불평할 것이 없다고 생각했다. 사람들과 대화를 나누었고, 사람들을 만났다. 하지만 또 생각했다. 내일은 다시 시작해야만 하고, 다른 무언가……를 만들어야 한다는 것을. 또 다른 무언가를 만들어내야 한다는 것을 그녀는 알고 있었다.

그리고 그것이 어렵다는 것을, 매일 더 어려워진다는
것을 잘 알았다.

잘린 손

약사는 손님이 내민 손을 유심히 바라보며 깊은, 아
주 깊은 생각에 잠겼다. 그는 이런 손을 한 번도 본 적
이 없었다. 손님의 둥근 손은 마치 공원에서 아이들이
끈에 매달아 들고 다니는 풍선만큼이나 컸다. 놀람이
가라앉고 난 뒤 그는 그 손이 꽤 보기 좋다는 것을 인정
해야 했다. 전통적인 아름다움은 아니지만 분명 무언가
아름다움이 깃들어 있었다.

그러나 약사와 손님은 미적인 요소에 신경 쓰기보다
실용적인 관점에서 상황을 냉정하게 직시해야 한다는
데 의견을 같이했다. 이대로는 손이 더 이상 아무 역할
도 하지 못했다. 손가락과 관절이 없는 손은 움켜쥘 수

가 없었다. 크기 때문에 주인에게 짐이 되고 삶을 불편하게 만들었다. 그렇다면 깔끔하게 잘라내는 것 말고 더 합리적이고 이성적인 해결책이 무엇이겠는가? 약사가 유쾌하게 제안한 이 생각은 손님을 흥분하게 만들었다. 상상력이 부족한 탓인지 그는 이런 해결책을 생각하지 못했다. 망설임 없이 약사는 마침 손 닿는 데 있던 작은 톱을 집어 들고 경쾌하게 작업에 들어갔다. 조심스럽게 톱을 움직이자 작고 뾰족한 톱니들이 천천히 살을 파고들었다. 도구가 작아 작업은 매우 오래 걸렸다. 하지만 몇 시간 뒤 두 사람은 마침내 손의 작은 일부가 팔에서 떨어져 나가는 것을 보며 만족할 수 있었다.

작업하는 동안 약사는 손에서 흘러나오는 피가 손님의 옷을 더럽히지 않도록 주의했다. 그러나 몇 방울이 손님의 얼굴에 튀는 것은 막을 수 없었다. 이 모든 작업은 몹시 유쾌하게 시작되었다. 둘은 번갈아 가며 제 어린 시절과 청소년기 등등에 얽힌 사적인 이야기를 들려주었다. 약사가 꽤 오랫동안 혼자 말하고 상대는 아무 말 없이 조용하다는 것을 깨달을 때까지. 그래서 약사는 고개를 들어 손님를 쳐다보았다. 그의 얼굴은 창백하고 움직임이 없었는데 마치 생기가 빠져나간 것처럼 고요했다. 텅 빈 시선은 놀라울 만큼 한곳에 고정되어 있었다.

　약사는 그의 태도에 불쾌해졌다. 자존심이 상했다. 환자가 거만하게 굴며 마치 이 일과 '**무관한**' 사람처럼 자기 손이 아닌 양 냉담하고 무심한 척 굴어대니, 이를 자신에 대한 예의와 존중이 부족한 태도로 여긴 약사에게는 모든 것이 불쾌했던 것이다. 화가 나고 분개했지만 약사는 다시 작업을 시작했다. 다만 이제 더 이상 의욕은 없었다. 결국 그 손은 혐오감을 불러일으켰고, 톱질로 뼈를 자를 때만 진정한 만족감을 얻을 뿐이었다. 그거 말고는 전혀 쓸데없는 짓이었다! 끔찍한 도살 현장! 게다가 톱으로는 제대로 자를 수가 없어서 살점은 조각으로 잘게 잘렸고 너덜너덜하게 매달렸다. 역겨워! 약사는 욕지기가 올라오는 것을 느꼈다. 그는 다시 한번 고개를 들어 환자를 바라보았고 홀연 모든 것이 이해되었다. 조롱이었던 것이다! 둥근 손을 가진 남자가 그를 조롱하고 있었다. 얼굴은 좀 전처럼 창백하고 움직임이 없었지만(마치 돌처럼 굳어버린 듯했다) 약사는 달라진 점을 눈치챘다. 미소, 환자의 입가에 떠오른 아주 작은 미소가 바로 그것이었다. 냉소를 머금은 비굴하면서도 공격적인, 심지어 모욕적이기까지 한 미소였다.

분노에 사로잡힌 약사는 살점 몇 조각으로 간신히 팔에 붙어 있는 손을 느닷없이 놓아버렸다. 손님은 충격을 완화해보려 애썼지만 너무 순식간에 일어난 일이라 그럴 틈이 없었고, 고통 때문에 그의 입이 일그러졌다.

약사는 일어서서 벌써 오래전부터 기다리던 수많은 사람에게는 신경 쓰지 않고 약국 안을 빙빙 돌았다. 불현듯 그는 결심했다. 남자가 이런 식으로 행동하는 이상 되도록 빨리 끝내버려야 했다. 그는 가만히 환자에게 다가가 꿈틀거리는 손을 두 손아귀로 움켜쥐고 확 잡아당겼다. 뜯겨 나온 손은 이제 약사의 두툼한 두 손에 단단히 잡혀 있었고, 그는 그것을 여러 번 뒤집어 가며 살펴보았다. 그러고는 공처럼 공중으로 던지며 놀다가 갑자기 거북함을 느꼈다. 그래서 아무렇지 않게 쓰레기통에 던져버렸는데, 그 전에 잘리고 피투성이가 된 손목을 감싸고 있던 손목시계를 조심스럽게 빼두는 신중함은 잊지 않았다.

환자는 아직 회복되지 않았지만 결과가 만족스럽다고 생각했다. 자신의 불행이 이처럼 빨리 해결되리라고는 꿈에도 기대하지 못했다. 그는 미소를 지어 감사 인사를 전하려 했다. 하지만 여전히 화가 난 약사는 이 호의의 표시에 조금도 관심을 두지 않았고, 단지 직업적

양심에서 환자를 내쫓기 전에 원활한 혈액 순환을 위해 팔을 높이 들고 있으라고 권했을 뿐이었다. 불행한 환자는 무심결에 이 훌륭한 노인의 기분을 상하게 한 것이 틀림없다고 느껴 사과를 하고 싶었다. 그러나 그는 약사를 존중하는 마음에서 수술 내내 조그만 반응을 보이는 것도 자제하려 조심했다. 고통이 가장 심하고 통증이 가장 격렬했던 순간에 약사가 자신을 바라보았을 때는 온 힘을 다해 미소를 지어 보이기까지 했다. 약사가 이상해진 것은—그는 분명히 기억했다—바로 이 순간이었다.

만약 좋게 헤어졌다면 그는 약국을 나서면서 약사에게 쓰레기통에서 손을 가져가도 되냐고 물었을 것이다. 내색하지는 않았어도 그는 그 손에 얼마간 애착을 느끼고 있었다. 하지만 그토록 훌륭한 남자를 화나게 했다는 수치심에 소심한 감사의 말을 몇 마디 더듬거리다 어쩔 줄 몰라 하며 조용히 문을 향해 걸어갔다.

밖으로 나서자 여름날의 찬란함이 그를 사로잡았다. 새들은 노래했고 사람들은 행복으로 빛났다. 모든 것이 황홀하게 보였다. 그는 행복했고, 자기 삶에서 해방된 듯했다. 이내 들뜬 기분에 취해 그는 친구 알프레드를 찾아가보기로 마음을 먹었다.

길모퉁이를 돌자 광장에는 사람들이 모여 있었다. 가까이 다가가던 그는 모든 사람의 얼굴에 똑같은 분노와 증오가 서린 것을 보고 깜짝 놀랐다. 아수라장 같은 군중 한가운데에서 그가 본 것은 새 한 마리뿐이었다. 다른 새들과 다를 바 없는 작은 새. 그는 그토록 격렬한 증오의 대상이 작은 새일 리는 없지만 어쨌든 새는 날아가는 편이 좋겠다고 생각했다. (광기에 사로잡힌 군중과 있으면 무슨 일이 벌어질지 몰랐다.) 피에 굶주린 폭도를 자극하는 것은 나쁜 결과를 초래할 뿐이었다. 이 사람들 사이에 있을 이유가 전혀 없었기에 엑토르는 그곳을 벗어났고 홀가분하고 환한 마음으로 친구 알프레드의 집으로 향했다.

알프레드는 두 사람이 함께 있기조차 힘든 아주 작은 단칸방에 살았다. 엑토르는 광활하고 탁 트인 공간감을 느끼게 해주는 이 집이 좋았고, 달과 해, 하늘과 별을 볼 수 있는 천장에 난 작은 창을 좋아했다. 그래서 엑토르는 친구가 집 밖으로 나갈 필요를 전혀 못 느끼는 것을 이해했다. 실제로 알프레드는 절대 밖에 나가지 않았다. 이따금 상인들도 그 이야기를 했다. "알프레드를 못 본 지 이 년이나 됐네!" 그러나 모두들 익숙해져 아무도 걱정하지 않았다. 그저 어떻게 먹고사는지를 궁금해할 뿐이었다.

온통 자기 생각에 잠긴 엑토르는 이미 오래전에 밤이 내려앉은 것도 거리에 혼자라는 것도 전혀 알아차리지 못한 채 계속 걸었다. 그의 기억은 여섯 달에서 여덟 달 전쯤으로 거슬러 올라갔다. 그때 만난 친구는 엄지동자 이야기●를 들려주면서 몇 달 동안 연구를 했지만 어떤 결론도 도출하지 못했던 고충을 토로했다. 친구 집에서 단 이삼 분이라도 보내는 것은 엑토르에게 아주 유익한 일이었다.

맹렬한 태양 아래 엑토르는 어쨌든 약사가 지시한 대로 팔을 위로 쳐드는 데 유의하며 계속 길을 걸었다. 하지만 팔을 내리지 못한다는 사실이 애석했다. 그러면 피가 팔을 따라 흐르는 게 아니라 바닥으로 떨어졌을 테니 말이다. 지나가는 사람들은 피투성이가 된 팔을 보고 조롱하면서 마치 기괴한 무언가를 보기라도 한 듯 바보처럼 웃어댔다.

엑토르는 벌써 밤낮을 꼬박 걸었고 지난번에는 몇 분 만에 도착한 친구 집이 아직도 보이지 않는다는 사

● 《Petit Poucet》. 샤를 페로가 정리해 출간한 동화집에 실린 프랑스 구전 설화로 가난 때문에 부모에게 버려진 아이들이 체구가 매우 작아 엄지 동자라 불리는 막내의 기지로 위기를 극복하는 이야기다.

실에 놀랐다. 그러나 그는 이런 일이 일어날 수 있고 지나치게 걱정할 필요가 없다는 것을 알았다. 신체가 강인한 편이었지만 엑토르는 지쳐서 다리가 풀리는 느낌이었다. 빨리 도착하고 싶은 마음에 발걸음을 재촉했다. 마침내 알프레드의 집이 보였다. 문에는 열쇠가 꽂혀 있었다. 익숙하지 않은 왼손을 쓰는 것이 서툴렀지만 그는 열쇠를 돌리는 데 성공했고 안으로 들어갔다. 하마터면 놀라서 소리를 지를 뻔했다. 방은 비어 있었고 알프레드가 없었던 것이다!

믿어지지가 않아 엑토르는 장난이 틀림없다며 친구를 찾았다. 가구를 모두 옮기고 위아래를 살펴보았지만 알프레드는 없었다! 문득 방 안쪽 구석에서 바닥에 뚫린 구멍 하나를 발견했다. 들여다보니 밧줄 사다리가 허공에 매달려 있었다. 완전한 어둠. 엑토르는 신중하게 한 발씩 사다리에 놓고 내려가기 시작했다. 그 일은 처음에 생각한 만큼 쉽지 않았다. 사다리 한 칸의 폭이 엑토르 키의 1.5배쯤 되었기 때문이다. 다음 칸까지 이동하기 위해 하나뿐인 손으로 매달린 채 눈으로 거리를 가늠한 뒤 뛰어내려 다음 칸을 밟고 다시 손으로 붙잡고 버티기를 계속해야 했다. 그의 모든 실수나 서툰 움직임이 치명적일 수 있음을을, 도움받을 데 하나 없이 허공으로 곤두박질하게 만들 수 있음을 알고 있었다. 그래서 그는 모든 동작에 아주 세심한 주의를 기울였다. 용감했지만 몇 시간 동안이나 계속 내려가보니 그는 이 시도가 성공할지 의구심이 들었다. 이따금 거대한 어둠 속 회랑으로 이어지는 평평한 지점에 도착했고, 그는 또 다른 구멍과 사다리를 발견할 때까지 걸었다. 그러면 희망이 되살아났고, 다시 허공 속으로 몸을 던졌다. 이제 사다리에는 뾰족한 못이 박혀 있어 엑토르의 발과 손을 파고들었다. 극심한 고통 가운데서도 희미한 기쁨을 느꼈다. 힘이 부치고 고통의 한계에 도달했으니 곧 여정이 끝나리라는 확신이 어느 때보다 강해졌기 때문이다. 가끔은 알프레드가 돌아올 때까지 방에서 기다리는 편이 더 현명했을지 모른다는 생각이 들었지만(알프레드는 틀림없이 돌아올 것이다) 그는 그런 생각을 했다는 게 부끄러워졌다.

마침내 발아래 단단하고 견고한 바닥이 느껴져 그는 사다리를 놓고 주위를 살폈다. 너무 어둡고, 그 어둠이 너무 깊어서 엑토르는 눈을 감아야 했디. 적응하기 위해 오랫동안 노력을 기울인 끝에서야 간신히 눈을 뜰 수 있었다.

엑토르가 알프레드, 콩 껍질을 까고 있는 알프레드

를 본 것은 그때였다. 알프레드는 바닥에 평화롭게 앉아 콩 껍질을 까고 있었다.

엑토르는 친구의 현명함에 감동받았고, 그곳에 도착하기까지 겪은 고통도 뜯겨 나간 손도 피투성이가 된 발도 후회하지 않았다. 그는 아무것도 후회하지 않았다. 엑토르가 보기에 알프레드는 달라져 있었다. 친구는 수염이 무성히 나 있었고 눈이 한쪽뿐인 것처럼 보였는데 어쩌면 빛의 장난일지도 몰랐다! 엑토르는 나이든 친구의 옆에 앉아 함께 콩 껍질을 까기 시작했다. 알프레드는 말이 없었지만 친구의 방문에 매우 흡족해했고, 두 사람은 어린 시절의 노래를 함께 불렀다.

엑토르에게 손이 하나라는 사실은 작업을 어렵게 만들었다. 그는 종종 치아의 도움을 받아야만 했는데 잘린 손과 약사, 기타 등등을 알프레드에게 이야기하게 된 것은 그 때문이었다. 두 사람은 그 이야기들을 두고 한참 웃으며 재회를 기뻐했다.

이따금 엑토르는 부어오른 상처를 콩 껍질로 진정시켰는데 효과가 더할 나위 없이 좋았다. 동굴은 차갑고 굉장히 축축했다. 가까이서 물소리가 들려와 엑토르와 알프레드는 몸을 떨며 어깨를 웅크린 채 몇 걸음 떨어진 곳에 폭포가 있나 보다 생각했다. 그러다 느닷없이 물에 흠뻑 젖었다. 어둠 탓에 보이지 않고 쉭쉭대는 소리만 귀에 들리는 동물들의 존재가 엑토르에게는 느껴졌다. 기진맥진한 엑토르는 눈을 감고 깜빡 졸았다. 아이의, 아니 아기의 울음소리에 놀라 잠에서 깼다. 엑토르가 걱정하자 알프레드는 거대한 아기가 울고 있는 콩깍지를 보여주며 안심시켰다. 아기가 너무 크고 뚱뚱해 엑토르는 잠시 난쟁이가 아닐까 생각했다. 알프레드는 그의 오해를 바로잡으며 틀림없는 아기로 엑토르가 도착하기 직전에 태어났다고 말했다. 하지만 알프레드는 매우 난처해했다. 부모에게 알려야 했는데 집 밖으로 나가지 않아 아는 사람이 없는 데다 부모가 누구인지도 알지 못했기 때문이다.

아기는 계속해서 엄마를 찾으며 마치 출생에 대한 책임이 알프레드에게 있는 것처럼 그를 비난했다. 엑토르는 보잘것없는 아기가 친구를 이렇게 비난하는 데 놀랐지만 알프레드는 외로워 그러니 용서해야 한다고 말했다. 어머니 없이 태어나는 것은 매우 잔인한 일일 테고, 알프레드는 아기가 이 상황을 이겨낼지 걱정했다. 엑토르는 당장에 아이를 데리고 부모를 찾아 나서자고 제안했다. 알프레드는 제안을 순순히 받아들였다.

동굴을 나가기 위해서는 파이프 안으로 기어 들어가

기만 하면 되었다. 파이프는 사람 몸의 절반 정도 너비밖에 안 될 만큼 매우 좁고 길이가 거의 20미터나 된다고 알프레드가 말했다. 안심한 엑토르는 알프레드의 체계적인 준비를 높이 평가했다. 자신에게는 전혀 없는 면이라 더더욱. 엑토르는 아기를 데리고 민첩하게 파이프를 통과하기 시작했다. 몇 시간 동안 아기를 잃어버리지 않기 위해 머리카락을 붙잡고 기어가다 파이프가 구부러진 부분에서 놓치고 말았다. 길을 되짚어 돌아가 보았지만 아기를 다시 찾을 수 없었다. 비통한 마음으로 그는 부모를 찾아 길을 계속 헤쳐 갔다. 출구에 도달할 때까지 한참을 더 기어가 간신히 밖으로 빠져나왔다.

바깥에서 엑토르는 별이 가득한 하늘을 보고 만족감을 느꼈다. 비록 탁하고 약간 썩은 냄새가 났지만 다가올 봄을 알리는 공기를 깊이 들이마셨다. 사람들이 무릎을 꿇고 길가에 자란 꽃을 따고 있었다. 자동차들이 아랑곳 않고 지나가며 꽃과 꽃을 사랑하는 사람들을 쓰러뜨렸다. 그때 엑토르는 놀랍게도 도로 건너편을 지나가는 남동생을 보았다. 동생의 손은 묶여 있었다. 경찰 다섯 명이 주위를 둘러싸고 채찍질을 퍼부었는데 그 끝에 교묘하게 달린 못이 살점을 뜯어냈다. 엑토르는 동생을 도와주고 위로하고 싶었지만 길에 널린 시체들을 넘어 동생에게 갈 마음은 차마 나지 않았다. 결국 엑토르는 멀리서 동생이 겪는 고통을 지켜볼 수밖에 없었다.

새로운 법이 통과된 이후 엑토르는 동생이 붙잡히리라는 사실을 알고 있었다. 타고난 친절함이 이미 그를 유죄로 만들었다. 미덕과 선행은 이제 공공 모독죄로 처벌받았다. 모든 사람은 고귀하고 기사도적인 행동으로 타인에게 수치심을 느끼게 하거나 자존심에 상처를 입히는 이들을 정부에 신고할 의무가 있었다. 소수가 모범을 보이려 하고 그러한 행위를 통해 사람들의 양심을 혼란스럽게 만드는 일은 용납되지 않았다. 이 희극은 이미 너무 오래 지속되었고 정부는 특단의 조치를 내렸다.

엑토르는 무슨 수를 쓰든 스스로를 단련하고 자기 성향을 극복하고 모든 인간성을 마음에서 완전히 지워야 했다. 간단히 말해 다른 사람들과 똑같아지기 위해, '좋은 시민'이 되기 위해 노력해야 했다.

그는 동생의 사건이 선례가 되고 경찰이 그의 뒤를 쫓아 행동 하나하나를 감시할 것이며 만약 의도를 충분히 증명하지 못하면 자신이 끝장날 줄 알고 있었다!

엑토르는 술집으로 들어갔다. 술집은 시끌벅적하고 활기가 넘쳤으며 바에는 사람들이 가득했다. 그는 사람들 사이에 자리를 잡고 술을 주문했다. 잔을 입으로 가져가던 중 기둥 뒤에서 몸을 숨기려 애쓰는 경찰 다섯 명을 발견했다. 행동할 때가 다가왔다. 모든 이, 특히 다섯 경찰에게 자신의 의도가 훌륭하다는 것을 입증해야만 했다. 이런 기회를 놓치면 치명적일 수 있었다. 오른쪽에 있는 사람이 주머니에서 작은 칼을 꺼내 꽤 한참 전부터 엑토르의 절단된 부위를 장난삼아 난도질하던 덕에 그의 일이 수월해졌다. 싸움을 좋아하지 않는 엑토르는 다른 때라면 인내심을 가지고 상대가 진정되기를 기다렸을 것이다. 상황이 계속되면 그 남자에게 잔인한 장난을 멈춰달라고 예의 바르게 요청했을 것이고, 거기서 끝났을 것이다. 그러나 오늘은 상황이 달랐다. 다섯 경찰이 지켜보고 있었으므로 그는 행동해야 했고 무엇보다 관대한 모습을 보여서는 안 되었다. 그래서 엑토르는 아주 민첩하게 두 손가락을 옆 사람의 눈에 찔러 넣었다. 상대는 반격하거나 무슨 일이 일어났는지 깨달을 겨를도 없이 눈앞이 완전히 캄캄해진 채 바닥에 쓰러졌다. 여기저기서 박수가 터져 나왔다. 엑토르는 조용히 고개를 숙이고는 평온한 마음으로 경찰들의 눈을 똑바로 바라보았다. 남자는 신음하며 눈이 타는 것 같다고 고통을 호소했다. 옆에 있던 사람이 선의를 보여 그의 피가 흥건한 눈구멍에 브랜디를 몇 방울 조심스럽게 부어주었다. 부상당한 남자는 긴 비명을 지르면서 몸을 격렬하게 비틀더니 몇 번 경련한 끝에 완전히 굳어버렸다. 근처 구급대원이 시신을 옮겨 들것에 싣고 엑토르의 도움을 받아 술집을 나섰다. 두 사람은 문 앞에 대기 중이던 구급차로 가(얼마 전부터 술집 문 앞에는 항상 구급차가 대기하고 있었다) 차량에 실었다. 그때 커다란 말 위에 올라탄 아기가 보였다. 아기는 고삐를 잡고 빠르게 달리고 있었다. 엑토르는 아기가 떨어질까 봐 두려웠다. 태어난 지 8일 된 아기는 이런 행동을 하기에 너무 어렸지만 매우 편안해 보였고, 엑토르를 알아보고는 이도 안 난 입으로 웃어 보였다. 엑토르도 미소를 지어주고 가벼운 마음으로 도시를 가로질러 걸어갔다.

길 한가운데에 검은 베일을 두른 여자가 노새를 타고 있는 모습이 보였다. 여자가 그에게 다가오라고 손짓했다.

두꺼운 안경으로 가렸지만 엑토르는 그녀의 눈에 담긴 깊은 슬픔을 알아챘다. 왼쪽 눈 안쪽에 있는 포도씨만 한 점이 얼굴 전체에 설명할 수 없는 매력을 더했다. 이 점을 보고 엑토르는 아기 어머니인 줄 알아챘다. 아기의 오른쪽 눈에도 똑같은 점이 있었다. 엑토르는 기쁜 마음으로 아기의 탄생을 알린 뒤 아기를 찾으러 함께 가겠다고 제안했다. 여자는 대답하지 않고 눈물이 그렁그렁한 눈으로 엑토르를 바라보았다. 그런 다음 갑자기 뾰족한 구두 굽으로 노새의 배를 세 번 차자 노새가 미친 듯이 질주했다. 대화를 나누는 동안 엑토르는 무심코 등자에 손을 넣고 있었다. 갑작스러운 출발에 당황한 그는 등자와 구두 굽 사이에 낀 손을 빼지 못하고 노새 옆에서 배가 땅에 닿은 채 끌려갔다. 엑토르가 속도를 줄이라고 애원했지만 슬픔에 잠긴 여자는 미동 없이 흐느낄 뿐이었다. 그 슬픔이 보는 이의 가슴을 너무 아프게 해서 이에 공감한 엑토르는 신음을 참으며, 살갗을 찢는 뾰족한 돌을 피하고 머리가 땅에 너무 세게 부딪히지 않도록 고개를 최대한 똑바로 들려 애쓰는 데에만 신경을 썼다. 그러다 새로운 고통에 주의가 흐트러졌다. 얼마 전부터, 아니 어쩌면 이미 꽤 오래전부터 여자의 뾰족한 굽이 엑토르의 손을 규칙적인 리듬으로 내리찍으며 꿰뚫고 있었다. 여자는 이를 무척 즐기는 듯했다. 여자는 더 잘 보기 위해 몸을 숙이고 갓 생긴 상처를 골라 뾰족한 작고 예쁜 굽으로 찔렀다. 허리가 부러질 듯하고 온몸이 만신창이가 된 엑토르는 이 고통이 얼마나 더 지속될지 궁금했다. 이런 생각을 하는데 알프레드가 아기를 높이 들어 올리며 여자와 노새 앞을 막아서는 모습이 보였다. 여자는 즉시 멈춰 서서 아기를 품에 안고 젖을 먹였다.

엑토르는 제 어머니를, 그리고 점심때가 되었다는 사실을 떠올렸다. 온 가족은 매일 그러듯이 식탁에 앉아 그를 기다리고 있을 거였다. 그는 처음으로 늦는 것이었다. 오랫동안 부모님을 찾아뵙지 않은 탓에 그는 자신의 무심함을 더욱 자책했다.

그는 어머니를 마주하기가 조금 두려웠다. 동생 사건 이후 만나지 못한 어머니는 분명 끔찍한 상태일 것이었다. 그는 발걸음을 재촉했다. 오래, 아주 오래 걸은 끝에 마침내 집에 도착했다. 부엌에 들어서자 어머니가 한 가닥 한 가닥 머리카락을 쥐어뜯는 모습이 보였다. 어머니는 엑토르를 보고 비틀린 미소를 짓더니 그가 다가가자 거칠게 밀쳐냈다. 어머니는 아들을 향해 모욕적인 말을 퍼부으며 그와 인연을 끊고 싶다고 소리쳤다. 그나 동생이나 똑같다고, 방심하면 분명 자기를 단두대로 보내버릴 거라고. 이미 시장에서는 사람들이 어머니를 손가락질했고, 지나가면서 어머니가 그 손가락을 잘라버리자 군중이 박수를 치긴 했지만 그것만으로는 충분하지 않음을 알고 있었다. 사람들은 더 많은 것을 요구하고, 끝없이 더 요구할 것이었다. 그렇다고 어머니가 그런 짓을 꺼리지는 않았다. 손가락 하나쯤이야 아무것도 아니었다! 살면서 별별 일을 다 겪었으니까! 다만 지금 이 나이에 그런 일을 억지로 해야 하는 것이 불쾌했다. 엑토르는 어머니를 안심시키고 싶었고, 정부와 뜻을 같이한다는 것을 보여주기 위해 다섯 경찰 앞에서 필요한 모든 조치를 했으며, 따라서 어머니는 두려워할 필요가 없다고 설명하고 싶었다. 그러나 화가 난 어머니는 그에게 말할 기회조차 주지 않고 끊임없이 불평하며 한탄을 이어갔다. 그리고 마침내 품위 있고 커다란 몸짓으로 아들을 내쫓았다.

엑토르는 괴로운 마음으로 집을 나왔다. 집 밖에서 그는 인도를 따라 사방으로 걷는 사람들의 몸짓과 혼잡한 광경을 보고 불안에 사로잡혔다. 이제는 끊이지 않고 이어지는 구급차의 소음이 그를 혼란스럽게 만들었다. 어찌할 바를 몰라 무작정 길을 걷다 그는 불현듯 알프레드를 떠올렸다. 아직 껍질을 까야 할 콩이 남아 있었고, 알프레드는 도와주러 가면 분명히 반길 것이었다. 이 생각에 위안을 얻으며 그는 희망으로 부풀어 다시 길을 떠났다.

다. 이 생각에 위안을 얻으며 그는 희망으로 부풀어 다시 길을 떠났다.

머리 없는 남자

여자가 벤치로 와 앉았다. 단정한 검정 드레스와 같은 색의 외투를 입고 목에는 분위기를 밝히는 옅은 푸른색 스카프를 둘렀다. 긴 금발 머리카락이 감싸고 있는 얼굴은 매우 아름다웠으며 꿈에 젖은 듯한 눈이 그얼굴에 독특한 공허감을 더했다.

거리의 교통 소음, 자동차 경적, 엔진 소리, 가까운 지하철 입구에서 많은 사람이 서둘러 드나들며 만들어내는 굉음, 그 무엇도 여자를 자기 생각에서 빠져나오게 하지 못하는 듯했다.

전율이 여자를 훑고 지나갔다. 여자는 보도를 걷는 사람들을 처음엔 놀라서, 이내 유심히 바라보았다. 하지만 호기심은 금방 사그라들었고, 그들을 내버려둔 채 시선을 정면으로 옮겨 '당글르테르 호텔'이라고 적힌 간판을 읽었다. 이전에는 그것을 본 적이 없다는 사실에 놀라 여자는 벤치에서 일어나 호텔로 걸어 들어갔다. 로비에는 남녀들이 서성이며 담배를 피우고 이야기를 나누었고 의자에 깊숙이 앉아 신문을 읽는 사람들도 있었다. 로비 한가운데에 서서 사람들의 움직임을 재밌다는 듯 관찰하던 여자는 갑자기 주변 사람들이 자신을 이상하게 쳐다보는 느낌을 받았다. 당황해서 그녀는 한동안 어찌할 바를 모르는 채 가만히 있다 결단을 내리고는 프런트데스크로 걸어가 남자에게 방을 빌릴 수 있는지 물었다. 직원이 대답할 때 여자는 그가 얼굴에 쓰고 있는 밀랍 가면을 알아차렸다. 흥미롭다고 느끼며 가면이 살아 움직이게끔 다시 한번 방이 있는지를 물었다. "몇 박을 묵을지 이미 여쭸잖습니까?" 그의 사나운 목소리에 여자는 깜짝 놀랐다. 대답에 따라 보안 요원을 불러 쫓아낼지도 모른다고 생각한 그녀는 화해를 청하는 듯한 부드러운 목소리로 며칠이든 상관없다고 말했다. 아무 상관 없다고. 그 대답에 이어진 불안한 침묵을 깨기 위해 여자는 주머니에서 책을 꺼내 상황이 어떻게 전개될지 걱정하며 읽는 척을 했다. 확실하지 않았지만 남자가 어깨를 으쓱한 것 같았다. 어쩌면 단순히 파리를 쫓는 동작이었는지도 몰랐다. 파리가 많았고, 몇 분 전부터 남자 주변으로 계속 날아다니는 것을 보았다. 그러나 그가 한 행동을 확신할 수 없어 여자는 되도록 빨리 도망치는 편이 낫다고 결론을 지었다. 주의를 끌지 않기 위해 여자는 책을 펼친 채 잠시 가만히 있다가 직원이 바빠진 틈을 타 갑자기 돌아서서 호텔을 서둘러 빠져나왔다.

여전히 그 자리에서 기다리고 있는 벤치를 보고 감격한 여자는 다시 가서 앉아 가장 좋아하는 소일거리인 지나가는 사람들을 지켜보는 일로 돌아갔다. 그들이 정확하게 움직이는 모습은 항상 놀라웠다. 한 치의 망설임 없이 저쪽이 아닌 이쪽 길로 가고, 왼쪽 대신 오른쪽으로 도는 태도는 그것이 두렵게 하지 않을 때에는 그녀를 매료시켰다. 그런데 며칠 전부터 기묘한 일들이 일어나고 있었다. 지나가는 사람들이, 적어도 몇몇 사람들이 눈앞에서 갑자기 기괴하고 괴물 같은 동물로 변해버렸다. 어제는 시가를 피우던 신사가 타조 머리를 가진 뱀으로 변했다. 그 순간 비명을 지를 뻔했지만 아무 일 없는 듯 갈 길을 가는 사람들 발치에서 그 남자, 아니 그 짐승이 꿈틀대며 기어다니는 모습을 보니 모든 것이 너무나 우스꽝스럽게 느껴져 결국엔 웃음이 터졌다. 나중에는 우아하고 도도한 여자가 남자의 팔에 매달려 고릴라로 변했다. 남자는 전혀 놀라지 않았다.

여자는 문득 이 불쌍한 동물들이 어떻게 될지 궁금해졌다. 밤마다 비밀리에 그들을 거리에서 거두어 가는 조치가 이루어지고 있는지도 모른다. 그제야 그녀는 왜 어떤 대도시에는 특이한 동물들을 가두는 동물원이 있는지, 그들을 보러 오는 이들이 누구인지 이해되었다. 부모, 친구, 지인…….

생각이 여기에 이르렀을 때 여자는 느닷없이 군중 속에서 **머리 없는 남자**를 보았다. 가슴 아래서 심장이 세차게 뛰기 시작했다. 자그마한 얼굴은 불안으로 굳었다. 그러나 남자가 다가와 늘 그러듯이 옆 벤치에 앉자 불안은 커다란 행복으로 바뀌었다.

머리 없이 군중 사이를 걷는 그를 처음으로 보았을 때는 그렇게 사는 것이 얼마나 힘든 일일지 생각하며 그저 연민의 감정만 느꼈다. 그런데 오늘처럼 옆에 앉자 여자는 그에게 머리가 없지만 여전히 얼굴이 있다는 것을 알게 됐다. 아지랑이처럼 만질 수 없고 밤처럼 신비로운 얼굴이었다. 그림자와 안개, 빛과 시(詩)의 얼굴이며, 그녀의 가장 깊은 곳까지 감동시키고 영혼까지 동요하게 만드는 얼굴.

몇 달, 어쩌면 몇 년이 지난 첫 만남 이래 남자는 매일 여자 옆 벤치에 앉아 긴 시간을 보냈다. 여자는 그들이 말을 나눈 적은 없다고 기억했다. 한번은 머리에 대해 물을 뻔했는데 그를 불편하게 하고 싶지 않아 입을 다물었다.

여자가 경이로운 눈빛으로 연인의 얼굴을 바라보고 있는데 갑자기 군중 속에서 분노의 떨림 같은 소리가 들려왔다. 도로에 줄지어 선 남녀들이 이해할 수 없는 말을 외치고 있었고, 그래서 그녀는 두려워졌다. 연인 때문에. 분노에 찬 사람들이 머리 없는 이 남자를 해치지 않을까, 상처를 입히지 않을까 두려웠다. 여자는 이미 그가 군중에게 모욕당하고 폭행당하는 모습을 상상하고 있었다. 하지만 그녀는 군중으로부터 그를 지킬 것이다. 구할 것이다. 그를 데이지가 자라는 빛나는 길로 이끌 것이다. 함께 냇물을 뛰어넘고 안식일의 노래를 부르며 손을 맞잡고서 들판과 초원을 거닐 것이다.

마침내 여자는 용기를 내어 그에게 작은 목소리로 속삭였다.

"함께 떠날래요? 내가 지켜줄게요…… 당신을 정말 사랑해요!"

그러나 여자는 남자의 대답을 듣지 못했다. 제 생각을 좇고 정리하는 데 너무 많은 힘을 쓰느라 지쳐서 이제는 아무것도 보이지도 들리지도 않았다.

남자는 지극히 다정하게 여자의 머리를 제 어깨에 기대게 하고 오랫동안 그녀의 작은 얼굴을 부드럽게 쓰다듬었다.

여자는 남자의 어깨에서 몸을 떼었다. 중요한 일이 일어났다고 막연히 느꼈지만 무엇인지는 몰랐다. 여자는 몸을 일으켜 외투를 턴 뒤 다시 자리에 앉아 가만히 멍하게 먼 곳에 마음을 빼앗긴 듯 그대로 있었다. 갑자기 해야 할 일이 떠오르기라도 한 것처럼 불안한 목소리로 시간을 물을 때까지. 남자는 시계를 보며 5시 30분이라고 말했다.

"정말이에요?"

남자가 다정하게 다시 한번 5시 30분이라고 대답하자 여자는 혼잣말하듯 중얼거렸다.

"끔찍해요. 기차를 또 놓쳤나 봐."

짧은 침묵이 지나가고 여자는 슬프고 피곤한 목소리로 덧붙였다.

"이해하겠어요? 벌써 오 년이 넘도록 기차를 타려고 했지만 한 번도 성공하지 못했어요. 개가 아프고, 아기가 시내에 버려져 있고, 소가 도로 위에 죽어 있고, 최근 들어 이런 장애물들이 출발하는 걸 방해했어요. 이런 장애물 전에는 다른 것들이 있었죠…… 늘 있어요. 그리고 오늘은…… 깜박했네요…….”

이 가혹한 운명 앞에서 여자는 소리 없이 울기 시작했다. 창백한 얼굴 위로 눈물이 하염없이 흘러내렸다.

마음이 어지러워진 남자는 여자를 위로하려고 애썼다. 제 도움을 허락한다면 기차를 탈 수 있을 것이라고, 둘이 힘을 합쳐 일정을 신중하게 잡는다면 여자가 세운 계획을 반드시 실현할 수 있을 것이라고 확신에 차서 말했다. 여자의 침묵에 남자는 감정이 북받쳐 기도하듯 되풀이했다.

“내가 도울 수 있게 해주겠어요? 제발요.”

여자는 눈을 들어 그토록 사랑하는 어둠과 안개 같은 얼굴, 연인의 그 얼굴을 보며 속삭였다.

“가요. 떠나요.”

그들은 함께 일어나 손을 맞잡고 이제는 텅 비어 있는 길거리를 걸었다. 그는 속도를 맞추어 걸으며 여자가 인도하는 대로 조용히 따랐다. 단 한 마디 말이나 행동이 그들의 마법 같은 순간을 깨뜨리고 그들을 갈라놓을 수 있다는 것을, 어쩌면 영원히 그럴 수 있다는 것을

✝

그는 너무 잘 알고 있었다.

그들이 시골에 도착했을 때는 이미 밤이 깊어 있었다. 소 몇 마리가 들판에서 조용히 풀을 뜯다가 그들이 지나가자 고개를 들었다. 여자는 다가가 한 마리를 손바닥으로 쓰다듬으며 다정히 말을 건넸고, 그런 그녀를 뒤따르는 남자와 함께 작은 숲으로 달려갔다. 숲 안에서 길을 앞서가던 남자는 가시덤불을 치우고 나뭇가지를 들어 올려 여자가 상처입지 않고 지나갈 수 있도록 했다. 여자는 자유롭다는 사실에, 자신이 사랑하는 이 삶을 연인과 함께 나눌 수 있다는 데에 행복을 느끼며 가벼운 발걸음으로 뒤따랐다.

숲을 빠져나오자 들판 가운데에 헛간이 보였다. 여자는 기뻐하며 손뼉을 치고 연인의 팔짱을 끼고 헛간으로 향했다. 헛간은 짚으로 가득 차 있었다. 여자는 마치 침대에 눕듯 짚 더미 위에 몸을 던졌다.

그러자 남자는 여전히 그의 체온으로 따뜻한 외투를 벗어 다정하게 그녀의 몸을 덮어주었다. 여자는 그를 바라보며 미소를 지었다. 그 미소에는 너무나 많은 사랑이 담겨 있어서 남자의 마음속에는 더 이상 고통도 절망도 들어설 자리가 없었고 오직 커다란 행복만이 가득 차올랐다.

한밤중에 깜짝 놀라 잠에서 깨어났을 때 여자는 헛간 주변에서 무슨 소리를 들은 것 같았다. 두려움을 느끼며 눈으로 연인을 찾던 여자는 그를 보고 공포의 비명을 지를 뻔했다. 남자는 이제 머리를, 진짜 머리를 가지고 있었다. 그의 얼굴은 몹시 아름다웠다. 여자는 공포로 얼어붙은 채 그 얼굴에서 눈을 뗄 수 없었다. 연인, 자신이 연인이라고 믿었던 그가, 바로 그 연인이 **다른 이들**의 세계, 적대적이고 기묘하며 자신이 속할 수 없다는 것 말고는 아무것도 알지 못하는 세계의 일부라는 생각에 혼란스러워졌다. 어두운 절망이 그녀를 사로잡았다. 눈물을 삼키며 여자는 비틀비틀 헛간 밖으로 나왔다.

밤은 고요했고 둥근달이 초원을 부드럽게 비추었다. 그러나 여자는 아무것도 보지 못했다. 이따금 앞을 막아서는 그림자들을 팔로 헤치며 여자는 숨이 차도록 달리고 또 달렸다. 사냥개 무리에게 쫓기는 암사슴처럼 미친 듯이 넘어졌다가 다시 일어나고 불안과 슬픔에 휩싸여 방향을 잃은 채 계속 달렸다. 여자는 초원을 지나고 숲을 가로질러 강을 따라 내달렸다.

그때, 남자는 잠결에 날카로운 비명을 들었다. 연인을 찾았으나 보이지 않자 이상하게도 비극적인 공포가 그를 사로잡았다. 헛간 밖으로 나와 그녀를 불렀다. 새벽을 알리는 새소리 외에는 아무런 대답도 들리지 않았다. 그래서 남자는 들판과 작은 숲, 초원을 가로지르며 강을 따라 걸었다.

그러다 남자는 멈춰 섰다.

여자가 거기 있었다. 강가에 누운 채.

그는 그녀의 가슴에 얼굴을 대고 심장이 더 이상 뛰지 않는 것을 확인하고 나서야 그 일이 진짜로 일어났다는 사실을 믿었다.

아주 깊은 잠에 빠진 어린아이를 깨우지 않으려는 듯 남자는 다정하고 조심스럽게 죽은 여자의 몸을 들어 올려 품에 꼭 안고 얼굴에 눈물과 입맞춤을 퍼부었다.

마지막으로 남자는 순수하고 가슴을 저리게 하는 이마와 죽음이 거의 어린아이처럼 보이게 만든 순진하고 부드러운 입술을 바라보았다. 몇 년 전 그녀가 결혼식 드레스를 입고 들판을 뛰어다니던 모습을 떠올렸다. 진지하고도 웃음이 가득했으며 다정하면서도 불안한 듯한 여자의 눈에는 어딘지 확신 없는 흔들림이 깃들어 있었다.

아내의 몸을 감싸안고 강물에 몸을 던지기 전 남자는 마치 그녀가 여전히 들을 수 있기라도 한 것처럼 속삭였다.

"내 사랑…… 나의 나탈리…… 당신을 정말 많이 사
랑했어."

와줘

드디어 오늘, 내게 벌어질 일들을 일기에 적어두겠다던 그 계획을 실행에 옮긴다. 그렇게 하면 훗날 그 일들을 정확하게 되짚어볼 수 있을 테니까. 게다가 이러한 시도는 내 생각을 약간이나마 정리하는 데에도 도움이 될 것이다.

오늘은 8월 15일이다. 나는 대합실에 앉아 가본 적은 없지만 직감이 맞다면 아주 아름다울 것이 분명한 어느 나라로 데려가줄 기차를 기다리고 있다.

바닥에는 더러운 종이들이 잔뜩 흩어져 있고 벤치에는 한 남자가 누워서 신문을 읽고 있는데, 그 신문은 얼마나 너덜너덜한지 남자 손에는 겨우 작은 조각 하나만 남아 있다. 불쌍한 사람!

기차가 곧 도착할 것 같아 간단히만 적는다.

내가 졸음 속에서 헤매는 상태다 보니 필요한 만큼 정확하게 기록할 수가 없다. 풍경은 불투명한 안개 속을 스쳐 지나간다.

집과 대지를 덮고 있던 장막은 오늘 아침 벗겨졌다. 주변의 모든 것이 감탄스럽다. 내 눈은 아름다움으로 가득 찬다.

B.는 기차가 도착할 때 나를 기다리고 있겠다고 말했다. 도시가 도시로 끊임없이 이어지고 낮이 밤을 뒤따른다. 때로는 눈을 뜨고 있기조차 힘들다. B.가 기다리는 곳, 들리는 말에 따르면 살기 좋다는 그곳에는 언제쯤에야 도착할까? 날 선 호루라기 소리가 울리고 기차가 갑자기 멈춘 걸 보니 이제 도착한 모양이다. 이렇게 지쳐 있으니 내가 가진 짐이라고는 칫솔과 빗뿐인 게 다행이다.

기차가 아직 오지 않는 걸 보면 어쩌면 파업 기간인지도 모르겠다. 내 손에는 도시 최고의 호텔을 소개하는 전단지가 들려 있다. 그중 한 호텔이 특히 마음에 든다. 방들은 훌륭하고 (방마다) 주방이 있다고들 한다. 그러면 직접 뭔가 만들어 먹을 수 있을 텐데. 사실 배가 몹시 고파서 베이컨 조금과 새우 몇 마리만 있어도 얼마나 좋을까 싶다. 하지만 그사이 내 기차가 가버리기라도 한다면!

나는 사람들이 이 대합실에서 산책 장소라도 되는 것처럼 이리저리 돌아다니는 이유가 궁금하다. 그들은 뻣뻣하게 머리를 세우고 마치 앞뒤를 동시에 보려는 듯 사방으로 돌리며 이상하게 군다. 어쩌면 자신들이 관찰되고 추적당하고 쫓기는 줄 아는 걸까? 그래서 기습당하지 않으려고? 그들이 다른 데 있으면 좋겠다. 조용히, 다른 어딘가에. 그러면 나는 혼자일 수 있을 텐데.

B.가 내게 **"와줘!"**라고 말했기 때문에 그가 아직도 여기 없다는 건 놀랍다. 도시에 가면 그를 찾을 수 있을지도 모르겠다.

거리는 뜨겁고 색으로 가득하다. 보도는 빨간색, 황갈색, 노란색, 그리고 때로는 짙은 푸른색으로 칠해져 있다. 사람들은 그 길을 마치 양탄자를 타고 미끄러지듯 걸어간다.

편하기는 하다. 하지만 시간이 지나면 조금 단조롭다. 열흘째인데 나에겐 너무 길다. 그토록 방이 훌륭한데다 각 방에 주방까지 있다는 호텔은 대체 어디 있단 말인가? 사람들이 내게 알려줄 수는 없다. 우리는 같은 언어를 사용하지 않으니까. 그러니까 나는 스스로 헤쳐 나가야 할 것이다. **모든 것**을 기록하는 이 일기가 있으니 얼마나 다행인지! 지금은 가벼운 먼지가 눈에 들어가 시야를 흐리는 바람에 길을 찾기 어려워졌는데, 그러지만 않았으면 벌써 호텔에 도착했을 것이다. 이건 확실하다.

이 도시는 묘하게 생겼다. 집들은 무릎 높이밖에 되지 않았고 굴뚝들은 하늘까지 솟았다. 아마 그래서 많은 사람이 밖에 나와 있는 거겠지. 안에 있으면 피곤할 테니까. 나는 속으로 생각한다. 저 집 가운데 하나에 들어가면 드디어 몸을 뻗고 한숨 제대로 잘 수 있을 텐데. 계속 눈을 뜨고 있는 건 시간이 지날수록 정말 피곤한 일이다!

밤이 켜지면 하늘은 천 개의 불빛으로 반짝인다. 불빛은 파랑, 노랑, 초록, 회색이고, 가끔 라일락색일 때도 있다. 어딘가에서 축제가 벌어지는 게 틀림없다. 배가 고프지만 주머니에 있는 헤이즐넛은 B.를 위해 간직하고 있다. B.는 헤이즐넛을 정말 좋아한다. 그의 치아가 아직 남아 있어야 하는데. 적어도 하나는. 지난번에 봤을 때는 이가 아예 없었다. 내겐 아직 치아가 다 있다. 내 이는 연보라색이다. 일기를 쓰지 않으면 이 모든 기억은 영영 사라지겠지. 조심한다고 해도 늘 부족한 법이다!

나는 모든 것에 대해 말해보려 한다. 중요한 모든 것을. 조금 전 나는 어느 호텔에 들어갔다. 호텔은 도시 외곽의 숲 한가운데에 우뚝 서 있었다. 내가 그곳을 발견한 건 우연이었다. 너무 많은 계단을 내려가다 보니 머리가 어지러웠다. 어두운 곳에서 등에 큰 혹이 있는 작은 남자가 나타나 매우 예의 바르고 정중하게 나를 맞이했다. 머리카락은 붉은색, 핏빛처럼 붉은색이었지만 얼굴은 아주 창백했다. 바닷빛의 맑은 눈은 한곳을 응시하고 있었다. 그에게 나를 위한 방이 있는지 물었다. 그는 유감스럽게도 방이 없다고, 그가 매일 밤 심지어 하룻밤 사이에도 몇 번이나 방을 바꾸는 것을 좋아해 고객에게는 제공할 방이 하나도 없다고 말했다. 그의 목소리는 가늘었고, 이마는 고집스러워 보이고 둥글었다. 나를 배웅할 때는 그의 눈에 눈물이 몇 방울 반짝이는 것이 보였다.

그날 이후로 작은 꼽추의 모습은 내 마음을 사로잡고 있다. 혹시 B.가 아닐지 궁금하기 때문이다. 몇 가지 단서가 그렇게 믿게 만드는데, 그중 가장 특징적인 것은 가끔 천천히 눈꺼풀을 내리는 그 방식이다. 그것만으로도 거의 확신할 수 있을 테지만 내 눈에서 떠다니는 먼지 때문에 아무것도 단언할 수가 없다. 만약 그가 맞다면 나를 알아봤을 것이다. 아니면 일부러 나를 모르는 척하고 싶었는지도. 그는 예전에 한 번 그렇게 행동한 적이 있다. 나를 앞에 두고도 마치 내가 아니라 전혀 다른 사람인 것처럼 행동했다. 정말 끔찍했다! 갑자기 아무것도 알 수 없게 되는 공포라니. 소름이 돋는다.

　오늘 도시에서는 사람들이 개처럼 날뛰고 있다. 침을 흘리고 고함을 지르는데 그중 어떤 이들은 소총으로 사람들을 쏘고 또 어떤 이들은 벌거벗은 채 피투성이가 되어 도시를 돌아다닌다. 이 나라에 머물러야 할지 고민이다. 그다지 마음에 들지가 않는다. 중요한 것은 여행하는 일이다. 여행으로 머리를 식히지 않으면 미쳐버리니까. 항상 B.에게 하던 말이지만 그는 내 말을 잘 이해하지 못하는 듯했다. 그는 이렇게 대답했다. "그런데 말이야, 우리가 하는 일이란 항상 떠나는 것뿐이잖아. 떠나고…… 떠나고……." 우리는 영원히 한 장소에, 그가 사막 한가운데에 파놓은 구덩이에 갇혀 있었는데도. 우리 앞에, 그리고 주위에는 끝없는 무한이 펼쳐져 있었다. 얼마나 어지러웠는지!

　기운 때문인지 분위기 때문인지 잘 모르겠지만 비명

이나 사소한 소리에도 나는 깜짝 놀란다. 오장육부를 토해낼 듯이 기침을 한다. 내 손과 발은 얼음처럼 차갑다. 내가 B.의 얼굴이나 곁에 있던 그의 존재를 기억하려고 애쓸 때면 머릿속은 곧 커다란 공허로 가득 찬다. 유일하게 붙잡을 거라곤 B.의 "**와줘**"라는 말뿐이다. 다만 나는 도시를, 장소를, 심지어 나라를 잘못 알았는지도 모른다.

벤치에 누워 있던 남자가 내 옆으로 와서 앉았다. 그가 내게 무엇을 하고 있는지를 물었다. "여기, 이 역 이 벤치에서 무얼 하고 앉아 있는 거요?" 내가 견딜 수 없는 종류의 질문이다. 나는 말했다. "이런 종류의 질문은 참을 수 없군요. 이런 질문이 얼마나 당황스럽고 선생에게도 아무 쓸모가 없는지 모르시나요?" 나는 절대 그들이 사는 방식과 사고하는 방식에 익숙해지지 못할 것 같다. 차라리 떠나는 편이 낫겠다. 어디든지, 어디라도 좋다. B.가 나를 기다리는 곳이라면.

이 적대적이고 불친절한 도시를 끝없이 미끄러지듯 떠돌다 보니 내 영혼은 점점 슬픔에 잠긴다. 나는 바다가 더 좋다. 특히 해변이 제비꽃으로 뒤덮였을 때. 그럴 때면 나는 그 한가운데에 누워 있고, B.를 기다리는 내 마음은 조금씩 지워져 간다. 물고기들이 다가와 내 손에서 먹이를 먹는다. 모든 것이 고요하고 분홍빛이며 낙엽 구름이 바다 위를 떠다닌다. 이 해변에 있을 때면 나 말고는 아무도 없다. 다른 사람은 절대 없다. 정말로.

다시 길을 떠나기 전에 방이 이슬처럼 상쾌하고 훌륭하다고 소문난 그 호텔에 가볼 생각이다. 그런 다음 그 꼽추에 대해 확실히 해두어야만 한다. 그는 문 앞에서 나를 기다리고 있었다. "당신을 이 문 앞에서 기다리고 있었습니다." 그가 말한다. "들어오시겠습니까?" 그가 문을 열어준다. 나는 깊은 계단을 내려간다. 거대하고 황량한 지하실에 도착한다. 텅 빈 벽이 방을 둘러싸고 있다. 몇 바퀴를 돌고 나서야 그중 벽 하나에 있는 문을 알아챈다. 문은 높이가 매우 낮다. 문을 열고 몸을 굽혀 지나간다. 그 문은 또 다른 계단으로 이어졌는데 아주 가파른 이 계단은 매우 좁고 벽돌로 된 두 벽 사이에 갇혀 있다. 아주 어둡다. 얼음장같이 춥다. 나는 내려가고 내려가고 또 내려간다. 또 다른 방. 이전 방과 마찬가지로 벽은 텅 비어 있다. 방이 많다. 정말 많다. 어쩌면 100개, 아니 150개쯤 되었을지 모르는데 방은 좁은 복도로 나뉘어 있다. 어떤 복도는 너무 좁아 옆으로 서서 걸어야 한다. 누군가 두드린다. 나는 문 자물쇠에 꽂힌 열쇠를 발견한다. "누구세요?" 나는 묻는다. 대답이 없다. 다시 두드린다. "이름을 말해주셔야 문을 열겠습니다." 더 세게 두드린다. 나는 움직이지 않는다. 다행히 문은 잠겨 있다. 어둠 속에서 열쇠가 반짝인다. 문득 문에 사람 키 높이에 박혀 있는 둥근 것이 보인다. 그것은 천천히, 천천히 돌아가더니 스르르 바닥에 떨어진다. 손이, 이어 팔 전체가 구멍 안으로 들어온다. 손은 더듬거리며 열쇠 쪽으로 향한다. 손가락이 열쇠에 닿고, 열쇠를 자물쇠 안에서 돌리지 않고 그냥 빼낸다. 팔은 구멍 쪽으로 물러나 안으로 들어가 사라진다. 이렇게 해서 나는 정말로 도착했다! 이제 B.와 그 작은 남자가 동일한 사람이라는 확신이 든다. 조금 전에 그가 말하지 않았나? "당신을 기다리고 있었습니다." B. 외에 누가 그런 말을 하겠는가.

또다시 이 남자, 옆에서 늘 같은 질문을 하는 남자가 묻는다. "이 역, 이 벤치에 왜 항상 앉아 있는 거요?" 그러면 자기는? 항상 내 옆에 눕거나 앉아 있으면서, 이 남자는 여기서 무얼 하는지 내게 말할 수 있는 걸까?

그리고 여섯 개의 장면들

낱장의 종이들

태양은 침묵을 머금고 소리는 꽃들의 부름에 응답했다. 불꽃처럼 붉은 새가 날카로운 비명을 질렀다. 숲이 길게 몸을 떨었고, 고요가 찾아왔다. 머리에 스카프를 두른 여자가 팔에 가방을 걸치고 몸을 숙여 철회색 고사리 덤불 한가운데에서 죽은 새를 집어 올렸다. 여자는 여전히 따뜻한 새의 몸을 쓰다듬었다. 그리고 그녀의 타오르는 듯한 시선이 부엉이의 예의주시하는 시선과 갑작스레 마주쳤다.

거친 비명이 터지더니 골짜기의 모든 것이 순식간에 잠잠해졌다. 소들은 겁먹은 눈으로 서로를 쳐다보았고, 말들은 발굽을 구르며 피처럼 붉은 풀밭 위를 뒹굴었다. 목동은 그들에게 젖을 한 잔 주고 흐린 눈으로 고통 속에서 몸부림치며 절망의 울음을 내지르는 짐승들을 유심히 바라보았다. 떨고 있는 목동의 영혼을 구해줄 이는 아무도 없었다. 목동은 벌거벗은 몸을 할퀴는 거친 풀밭에 몸을 누이고 하늘을 향해 미소를 지었다. 그러나 그날 밤 하늘에는 영혼이 없었다. 그의 눈꺼풀이 감겼고, 목동은 흔들리는 십자가를, 그다음엔 나뭇가지에 목매단 시체를 보았다. 소들은 미동도 하지 않은 채 목동을 바라보았고 나무들은 분노로 술렁였으며 온 자연이 흐느껴 몸을 떨고 있었다.

아무것도 그의 주위에서 움직이지 않았고 하늘은 강철 같았다. 남자는 이해하지 못했다. 멀리서 빛이 솟았다. 심장이 가슴 아래서 요동쳤다. 몸을 일으키려 했지만 팔다리가 마치 죽은 듯 말을 듣지 않았다. 수탉이 울기 시작했고, 대지가 새벽빛에 감동했다. 새벽빛이 인간에게 말했다. "인간이여, 깨닫지 못하겠는가? 때가 왔다. 내일은 더 이상 존재하지 않고, 이제 너는 네 운명을 알게 되리라." 남자는 그 목소리를 바라보았다. 그것은 부드럽고 물결처럼 굽이치며 이슬처럼 신선했다. 그는 물었다. "모든 것을 아는 당신, 당신은 제가 누구인지 말해주실 수 있습니까?" 목소리는 그를 바라보며 조용히 미소 짓더니 부드럽게 그의 눈을 감겨주었다.

간호사들

그들은 병원의 하얀 복도를 소리 없이 미끄러지듯 지나간다. 이 문은 닫고 저 문은 열며, 손에 주사기, 약병, 솜을 들거나 고무바퀴가 달린 이동식 탁자를 밀면서. 탁자에는 철제 용기와 뾰족하거나 삼각형 모양인 물건이, 때로는 음식, 링거, 피, 산, 찌꺼기가 가득하다. 얼굴은 무표정하고 좀체 속을 알 수 없으며 흔들리지 않는다. 동작은 절도 있고 정확하며 체계적이다. 미치게 할 만큼.

시체와 시계

목에 걸린 금빛 체인이 그녀의 블라우스 속에 파묻혀 있었다. 나는 그것을 조심스럽게 꺼냈다. 거기엔 즐겁게 제 갈 길을 가는 둥근 시계가 매달려 있었다. 살아 있는 시간의 매 순간에 점을 찍으면서.

밤은 잉크빛이고 하늘은 암흑으로 가득하다. 새들은 더 이상 노래하지 않는다. 나뭇가지 위의 검은 티티새가 죽어간다. 검은 천사들은 더 이상 사납지 않다. 악마가 잠에 빠져들었다. 내일은 태양이 떠오르지 않으리라.

움직이는 물건들

제집에서 놀랄 만큼 움직이는 재주를 지녀 끊임없이 자리를 옮겨대는 물건들을 찾으려다 보면 여자는 헤아릴 수 없는 시간을 허비했다. 가끔 아주 엉뚱한 장소에서 발견할 때도 있지만 물건은 놀란 기색을 드러내기는 커녕 위안이 될 어떠한 연민이나 공모 의식 같은 표시

조차 보이지 않았다. 오히려 완벽하게 자기 모습 그대
로 극도의 평온함을 유지하며 오만하고 유머 감각도 없
고 무례하기 짝이 없는 태도로 여자를 당혹스럽게 하려
했다.

불안

그것이 내 안에서 차오르는 것을 느낀다. 천천히 다
가오고, 그것을 멈추려는 모든 노력이 헛되리라는 것을
나는 안다. 나는 기다려야 한다. 그것은 나의 마음, 나
의 영혼, 나의 머릿속 전체를 잠식할 것이다. 그리고 내
안에 이성이 길을 잃게 될 심연을 팔 것이다. 내 절망에
허무는 아낌없이 자신을 내주리라. 나 자신이 완전히
소멸할 때까지.
　동굴 속 짐승처럼 웅크리고 나는 몸짓 하나 없이 꼼
짝 않고 기다림에 짓눌려 있을 것이다. 적이 어둠 속에
서 나를 집어삼킬지, 아니면 내 집을 점령하는 데 싫증
이 나서 나를 버리고 떠나 마침내 자유를 줄지 알지 못
한 채로.

여자는 벤치에 앉아 있다. 낡은 옷을 걸친 채 연약하고 야윈 몸이 추위에 떨고 있다. 걸으면 몸이 따뜻해질 테지만 여자는 너무나 지쳤다!

"정말 추워 보이시네요, 가엾은 부인." 여자 앞에 멈춰 선 기품 있는 신사가 말했다. "뜨거운 그로그•를 한 잔 드세요. 좋을 겁니다. 한결 나아질 거예요."

여자가 놀란 눈으로 바라본다. "그럼요, 도움이 될 거예요." 남자가 다시 말하고 이제 두꺼운 외투 주머니를 뒤지기 시작한다. 남자가 계속 주머니를 뒤지는 동안 여자는 희망의 빛이 담긴 눈으로 바라보며 부드럽게 미소 짓는다.

남자는 작은 열쇠를 막 꺼낸 참이다. 여자에게 밝게 웃음을 지어 보인 뒤 남자는 돌아서서 여자가 앉아 있는 바로 앞 인도 가장자리에 세워진 커다란 자동차 문에 열쇠를 꽂았다. 남자는 차에 올라타 시가에 불을 붙이고 시동을 걸더니 그곳을 떠난다. 여자는 차를 몰고 도망치는 남자를 오래도록 바라본다.

● 럼 또는 브랜디에 설탕, 레몬, 따뜻한 물을 섞은 음료.

자유

감옥에 갇힌 죄수처럼, 어느 밤 별 하나가 하늘에서 도망쳤다. 사람들은 밤을 밝히는 데 지친 별이 무한의 저편에서부터 곧장 떨어져 허무 속으로 스러지는 것을 보았다. "소원을 빌렴." 어머니가 아이에게 말했다.

유성이 떨어지는 광경에 충격을 받은 아이는 자유가 요구하는 대가가 무엇인지를 어렴풋이 이해했다. 분노의 눈물이 창백한 뺨을 타고 흘러내렸다.

만날 약속

　그는 어쩌면 약속에 가지 않는 편이 더 나았을지 모른다고 생각했다. 버스는 이제 도시를 벗어나 험준한 산길을 한가롭게 달렸다. 길 양옆에서는 깡마른 소 몇 마리가 부드러운 풀을 뜯고 있었다. 그는 다시 한번 어쩌면 약속에 가지 않는 편이 더 나았을지도 모른다고 생각하며, 무엇이 자신을 그곳으로 가도록 결심하게 만들었는지를 떠올려보려 오랫동안 애썼다. 그는 가고 있는 도시도 그곳에서 만날 사람도 전혀 알지 못했다.

　승객들로 꽉 찬 버스는 맹렬하게 달렸다. 갑자기 찾아온 밤은 너무나 캄캄해서 X는 대낮에 보았던 옆 승객들조차 분간할 수 없었다. 달도 별도 없는 이 밤은 문득 위협으로 가득 찬 듯했다. 잠들지 못한 것을 한탄하며 그는 시간을 보내기 위해 담배를 피우기로 하고 주머니에서 담뱃갑을 꺼냈다. 라이터를 깜빡한 것을 깨닫고 오른쪽에 앉은 사람에게, 그다음에는 왼쪽에 앉은 사람에게 불이 있는지 조용히 물었다. 잠든 모양인지 대답이 없었다. 실망한 X는 담배를 다시 주머니에 넣었다.

이른 아침 그는 버스가 한 번도 멈추지 않았는데 버스 안에 운전사와 자신만 남은 것을 보고 깜짝 놀랐다. 다른 승객들은 모두 어디로 갔을까? 당황한 X는 운전하는 남자에게 물으려고 자리에서 일어났다. 가까이 다가가 아무리 묻고, 목소리를 높이고, 심지어 소리를 질러도 운전사는 듣지도 옆에 누가 있는지도 전혀 알아차리지 못하는 듯 보였다. X는 운전사가 아마도 귀를 먹은 모양이라고 결론을 내렸고, 헛수고라는 사실을 깨닫고는 다시 자리로 돌아와 생각에 잠겼다. 생각은 금세 심각한 방향으로 흘러가서 버스가 멈췄을 때 누군가 어깨를 세게 두드리지 않았더라면 알아채지 못했을 만큼 깊이 빠져들었다. 검지로 출입문을 가리키는 운전사의 화가 난 눈길을 받으며 X는 자리에서 일어났다. 그가 땅에 발을 딛자마자 버스는 놀라운 속도로 방향을 틀어

먼지구름 속으로 사라졌다. X는 안도의 한숨을 내쉬며 버스가 사라지는 모습을 지켜보았다.

작은 언덕 위에 막 올라서서 X는 눈앞에 펼쳐진 도시를 감탄하며 바라보았다. 도시는 광대했고 광대하면서도 움직임이 없었다. 어떤 차량도 이 엄청난 정적을 방해하지 않았다. 만약 약속 시간에 늦을까 봐 염려하지 않았다면 X는 기꺼이 몇 시간이고 더 머무르며 도시 위로 군림하는 질서와 조화를 감상했을 것이다. 하지만 그는 기다리게 하고 싶지 않았고, 시간을 더 허비할 수 없다고 느꼈기에 언덕을 내려와 곧장 길을 나섰다.

그가 걷는 거리 양옆에는 호화로운 궁전과 멋진 건물들이 늘어서 있었다. 전부 분홍 대리석으로 이루어진 건물들의 외관은 부유함과 보기 드문 아름다움을 자아냈다. 창문이 많았는데 그중 가장 낮은 창문들은 지상에서 10미터 정도 높이에 있었다. 다만 시간이 지날수록 이상하게 느껴지는 점이 하나 있었다. 건물들에 문이 없었던 것이다. X는 사람들이 들어가려면 어떻게 하는지가 궁금했다.

한참 동안 걸었지만 살아 있는 존재를 만나지 못했기에 X는 길을 알려줄 사람이 아무도 없으면 앞으로 어떻게 길을 찾을지 걱정스러웠다. 11시를 가리키는 시계를 보고는 마음이 놓였다. 이런 늦아침에 모든 사람이 아직 집에서 자고 있을 리는 없지 않은가! 언젠가는 누군가 틀림없이 집 밖으로 나올 테고, 그러면 문제가 해결될 것이다. 무작정 걷다 보니 X는 이미 몇 시간 전에 지나쳤던 거리로 되돌아오기도 했다. 이번에도 마찬가지였다. 그래서 거리 이름을 수첩에 적어두면 헛걸음도 덜고 시간 낭비를 줄일 수 있겠다는 생각을 떠올렸다. 그는 땀이 흐르는 얼굴을 소매로 닦으며 손수건을 가져오지 않은 것을 후회했다. 사실 이제 그에게는 아무것도 없었다! 서류며 지갑, 열쇠 꾸러미까지 모두 사라졌다! 남은 거라고는 수첩뿐이었다. 하지만 글을 쓸 도구가 없으니 수첩도 아무런 쓸모가 없다는 것을 곧 깨달았다.

그가 들어선 대로는 끝이 없는 듯 아득히 뻗어 있었다. 가로질러 지나가는 길 하나 보이지 않았고 머리 위에서 내리꽂히는 햇빛이 거리를 눈부시게 짓누르고 있었는데, 그 광경이 X에게 문득 되돌아가고 싶은 충동을 일으켰다. 냉랭하고 황량한 풍경에 마음이 괴로워졌다. 그럼에도 그는 그대로 앞을 향해 계속 나아갔다.

여전히 거리에는 사람들이 보이지 않고 도시가 침묵으로 뒤덮여 그는 점점 불안해졌다. 이 지역 사람들은 축제에 가 있는지도 몰라. 그는 속으로 생각했다. 그런 일이 가끔 있는 법이지. 사람들이 도시를 비워두고 어딘가 행사에 몰려가는 일. 그러니 괜히 당황할 필요는 없었다. 하지만 불안이 줄어들지는 않았다. 그리고 결국 약속에도 짜증이 났다! 사람을 이렇게 방치하는 법은 없다, 더구나 이런 낯선 땅에서! 안내할 사람 정도는 보내주는 것이 상식이었다! 만나기로 한 사람의 이러한 무례에는 다소 모욕적인 면이 있었다. 얼마나 터무니없는 상황에 놓였는지를 문득 깨달은 X는 상대방 대신 그가 다 민망해졌다. 그럼에도 그는 믿고 싶었다. 상대에게 나름의 사정이 있었으리라고. 만약 달리 행동할 수 있었더라면 그는 분명 그렇게 했을 것이라고.

다리 아랫부분에 무언가 스치는 느낌이 들어 고개를 숙여 보니 고양이가 있었다. 작고 깡마른 고양이로 너무 작고 말라 왠지 연민이 일었다. 감정이 북받친 X는 고양이를 조심스럽게 쓰다듬었다. 겁먹은 작은 몸이 손바닥 아래서 떨었다. 그를 향해 고개를 돌린 고양이의 눈에서 간청하는…… 희망을 갈구하는 빛을 읽은 것 같았다. 고양이는 굶주렸고 죽어가고 있었다. 그래서 슬픈 마음으로 X는 손가락을 내밀었다.

정신을 차렸을 때 X는 자신이 길거리에 널브러져 있

는 것을 발견했다. 손에서 느껴지는 극심한 고통이 고양이를 만났던 기억을 떠올리게 했지만 고양이는 이미 사라져버렸다. 벽에 설치된 자판기를 보자 먹을 것이 있을지도 모른다는 희망이 생겼다. 그는 벌떡 일어났다. 칸 하나에 셀로판지로 싸인 작은 빵이 들어 있었다. 다른 칸들은 비어 있었다. 혹시나 하는 마음으로 X는 손잡이를 당겼고, 곧 소란스러운 기계음을 내며 샌드위치가 바닥에 떨어졌다. 빵은 황금빛이고 따뜻했다. 빵을 열었을 때 X는 두툼하고 부드러운 치즈 층을 보았고, 냄새로 보아 카망베르 치즈 같았다. 모든 것이 너무 뜻밖이어서 X는 빵을 바라보며 혹시 꿈에 놀아나는 건 아닐까 의심했다. 그러다 마침내 빵을 입으로 가져갔고 한 입 크게 베어 물었다. 엄청난 역겨움이 내장을 덮쳐 그는 곧바로 토하고 말았다. 방금 먹은 것은 도저히 음식이라고 할 수 없었다. 격분한 X는 치미는 욕지기를 참기 힘들었다. 계속되는 구토 탓에 가슴이 찢어질 듯 쓰렸다.

X는 슬픈 마음으로 다시 길을 나섰다. 그는 주위에 더 이상 화려하고 웅장한 궁전이 아니라 더럽고 버려진 오래된 집들만 있는 것을 알아차렸다. 그 집들 역시 문이 없었고, 검고 텅 빈 구멍들이 창문을 대신했다. 갑

자기 수천 개의 눈이 숨어서 그의 모든 행동을 엿보며 생각을 하나하나 읽는 듯한 느낌이 들었다. 마음속에서 커져가는 두려움을 물리치기 위해 그는 소리를 지르고…… 누군가를 부르려 했다. 그러나 온 힘을 다해 부른 것은 자기 이름이었다. 그 순간 마치 신호에 응답하듯 100미터쯤 앞에 이상하고 긴 행렬이 나타났다. 당황스러울 만큼 기이한 무리였고, X는 그것이 인간들의 행렬인지 아니면……. 하지만 너무 무서워 그 생각은 끝까지 이어가지 못했다. 격한 감정에 사로잡힌 그는 행렬을 뒤로하고 도망칠지, 따라잡기 위해 달려갈지 알 수 없었다. 결국 그는 후자를 따르기로 했다.

행렬은 매우 느리게 움직이는 것처럼 보였고 X는 온 힘을 다해 뛰었지만 가까워지기커녕 몇 미터 거리까지 다가가지도 못했다. 이상하게도 행렬과의 거리는 여전히 변함이 없었다. 추격은 지치는 일이어서 힘이 빠진 X는 잠시 멈추어 쉬고 싶었지만, 이 행렬이 약속 장소로 데려다줄지도 모르고 괜히 멈추었다가 단 한 번의 기회를 잃을지 모른다는 생각에 불안해져 오히려 더 빨리 달리려고 애썼다. 쑤시는 듯한 손가락 통증이 그를 극심하게 괴롭혔다. 그는 감염이 진행되는 것을 막기 위해 나중에 치료를 받아야겠다고 생각했다. 이미 감염이 시작되고 있었다. 폭우가 도시를 덮쳤고 땅에 끈적한 진흙탕이 만들어져 신발에 들러붙는 바람에 달리기가 더욱 고되어졌다. 몸에 달라붙은 옷은 얼어붙은 껍질처럼 느껴졌다. 약속이 실제로 존재한다는 사실을 확신하고 싶어서—괜히 이 도시에 온 건 아니었고, 그렇다는 사실을 확실히 하고 싶다는 절박한 욕구를 갑자기 느꼈기 때문에—그는 이 약속에 이른 정황을 되짚어보기 시작했다. 그러나 그렇게 더듬어 나가려 하자마자 순식간에 모든 생각이 사라지며 머릿속이 돌연 텅 비어 X는 아무 실마리도 붙잡을 수 없었다. 그가 달리기를 멈추려는 순간 갑자기 행렬이 눈앞에서 사라졌다. 보이지 않는 손에 지워지는 듯 한 줄 한 줄, 그러다 얼마 지나지 않아 모두 사라지고 도로 위에서는 귀가 먹먹할 듯한 발소리가 놀랍도록 선명하게 들려왔다. 그 발소리는 점점 그의 주변으로 모여드는 것처럼 느껴졌다. 그러더니 정적이 찾아왔다. 갑작스러운 어둠. X는 자신이 있는 거리를 더 이상 분간할 수 없었다. 길고 좁은 길 양쪽에 황폐한 집들이 늘어서 있다는 사실은 알았다.

당황하지 않고 되도록 침착하고 차분하게 길을 다시 나아가는 것이 X에게는 무엇보다 중요해 보였다. 하지만 우선 손에 붕대를 감기로 했다. 그렇게 하면 고통이

덜할지도 몰랐다. 어쨌든 시도해봐야 했으므로 셔츠를 찢어 붕대처럼 감았다. 실제로 통증이 줄어들었다. 갑작스럽게 상태가 나아진 게 기분 좋은 징조처럼 느껴졌다. 그러나 몇 걸음 걷다 벽에 이마를 부딪쳤을 때는 얼마나 놀랐던지! 분명 낮에는 앞에 아무런 장애물도 보지 못했다. 그가 따라가던 행렬이야말로 가장 확실한 증거였다. 어쩌면 거리가 아니라 집 쪽으로 걸어간 것일지도 모르는데 그런 거라면 모든 게 설명되었다. 그가 옆으로 몇 걸음만 비키면 집들과 다시 나란히 서게 되고 앞에는 길이 펼쳐질 거였다. 그럴듯하긴 했지만 전혀 확신할 수는 없었다. 그럼에도 그는 생각했던 대로 했다. 이제 그는 팔을 앞으로 뻗고 무언가에 부딪칠까 걱정하면서 두려움을 안고 어둠 속을 걸었다. 20미터, 많아야 30미터 정도 지났을 때 손이 거친 벽에 닿았다. '또 방향을 헷갈렸나 보군.' X는 자신을 안심시키고 머릿속에 떠오르는 명백한 사실을 부정하고자 그렇게 생각했다. 이렇게 되었으니 방식을 바꾸기로 했다. 계속 앞으로 나아가되, 또 다른 벽이나 집, 무언가 알수 없는 것과 부딪치는 불쾌한 상황을 피하기 위해 손으로 벽을 더듬으며 따라가기로 했다. 그러면 길을 잃지 않고 계속 같은 방향으로 걸어갈 수 있을 터였다. 이상하게 갑자기 어깨에 무거운 느낌이 든 탓에 X는 기계적으로 재킷을 벗어 방금 손이 닿은 못에 그것을 기계적으로 걸었다. 신발 끈을 다시 묶으려다가 그는 끈이 사라진 것을 알아차렸다.

이제 오랜 시간을, 영원처럼 오랜 시간을 내내 손으로 벽을 더듬으며 걸으면서 그는 자신이 고안한 방법이 완벽하다는 생각에 은밀한 만족감을 느꼈다. 더 이상 어떤 장애물도 그를 가로막지 않았다. 다만 이 나라에서 밤이 얼마나 오래 지속되는지를 알 수만 있었더라면 아마 마음이 놓였을 것 같았다. 그리고 이 상황을 다른 각도에서 볼 수 있었을지도 몰랐다. 어쩌면 덜 비관적으로. 그는 마치 그 생각을 지우려는 듯 이마를 손으로 천천히, 아주 천천히 쓸어내렸다.

그는 많이 야윈 것이 분명했다. 바지가 흘러내리지 않게 하려면 앞부분에 커다란 매듭을 묶어야 했다. 게다가 신발도 이제 너무 컸다. 그는 그 사실을 알고 있었다. 더 이상 신발을 신고 있으려 해봐야 발의 상태만 악화시킬 뿐이었다. 그의 발은 신발 안에서 버티기 위해 너무 많이 애를 썼고, 그 이상을 요구하는 것은 무리임을 X도 이해했다. 그래서 몸을 굽히지도 않고 신발을 벗어 그 자리에 버렸다. 가진 것이 적어서, 너무 적어서 이렇게 신발을 버리는 일조차 그를 꽤 슬프게 만들었다. 마치 집을 느닷없이 빼앗기라도 한 것처럼. 그는 다시 내달리기 시작했다.

그의 손이 무언가를 스쳤다. 더듬고 만지더니 손이 주머니 속으로 쑥 들어갔다. X는 재킷을 떠올리고 불현듯 북받치는 기쁨을 느꼈다. 다시 입기 위해 재킷을 집으려는 순간, 팔을 들어 못에서 그것을 떼어내려는 바로 그 순간에 몸이 굳어 움직일 수가 없어졌다. 피가 얼어붙는 느낌이었다. 그는 벽으로 둘러싸인 원형 공간에 갇혔고 앞으로 나아간 것이 아니라 같은 자리를 빙빙 돌고 있었다는 사실을 막 깨달았다.

완전히 무너지며 힘이 빠진 X는 벽을 따라 미끄러지듯 등을 기대고 바닥에 주저앉았다. 어둠은 헤아릴 수 없이 깊었다. 그는 오직 검은색만 볼 수 있었다. 오직 검은색만. 머리와 온몸이 검은색으로 가득 차는 느낌을 받았다.

그와 만나러 가는 길은 놀라움의 연속이었고, 그를 놀라게 하는 이런 상황에서 아무런 신경도 쓰지 않는 '그자'의 태도 또한 그러했다. 인적이 전혀 없는 도시를 떠돌던 일을 떠올리며 그는 '그자'가 이곳의 유일한 주민은 아닌가 하는 의문을 품었다. 그렇다면 그 사람은 이상한 힘을 지닌 것이 분명했다. 이 생각이 마음에 위안이 되었는데 만약 사실이라면 그만한 능력을 가진 사람이 만나자 해놓고 이제 와서 그를 버릴 리는 없었던 것이다! 그러는 건 도무지 말이 안 되는 일이었다! 그는 그저 기다리기만 하면 되었다. '그자'에게 모든 것을 맡기고 이 김에 잠시 쉬면 되는 일이었다. X는 땅바닥에 몸을 뉘었다.

잠이 들려는데 귓가에 낮게 속삭이는 목소리가 들려왔다. "와야 해요…… 기다리고 있어요……." 그 목소리는 애처롭고 간청하는 듯했다. X는 벌떡 일어나 어둠 속을 두리번거렸다. 말하고 싶었지만 목에서 어떤 소리도 나오지 않았다. "만나기로 약속했잖아요…… 와줘요." 목소리는 거의 숨결 같았다. '그자'가 자신을 필요로 한다는, 어쩌면 도움을 요청하고 있다는 생각에 X는 갑자기 크게 동요했다. 그는 단숨에 결심했다. 이 부름에 응하기 위해서라면 무슨 일이든 할 작정이었다! 우선 이곳에서 빠져나가야만 했다! 어쩌면 벽 어딘가에 구멍이 있을지도 몰랐다. 그가 통과할 만큼 큰 구멍이. 알아낼 방법은 벽을 만져보는 것 말고는 없었다. 벽의 밑에서부터 발끝으로 서서 팔을 들어 닿는 데까지 더듬어 올라가는 것 말고는. 그렇게 벽의 둘레를 전부 따라

가면서.

작업은 매우 더뎠다. 몇 달이나. 아무런 성과도 없었다. 그래서 X는 벽을 따라 두 번째 탐색을 하기로 결심했다. 다만 이번에는 새로운 면에 닿기 위해 벽에 박힌 돌멩이와 못을 딛고 오르기로 했는데, 돌멩이와 못의 존재를 알게 된 것은 손을 여러 번 찢어져가며 고통스럽게 벽을 더듬던 때였다. 보이지 않을 뿐만 아니라 간격이 불규칙해 그것들을 찾는 데만도 무한한 시간과 인내가 필요했다. 그러나 진짜 어려운 것은 못을 찾아내 그 위에 올라갔을 때 균형을 유지하는 일이었다. 어둠 속에서 현기증에 시달리며 대부분은 아래로 떨어졌고, 다시 처음부터 시작해야 했다.

어느 순간부터 X는 강박적인 생각들에 사로잡혔다. 덕분에 그는 여러 주 동안 정신이 팔려 있었다. 현재 집착하는 생각은 바지에 관한 것이었다. 바지는 그에게 남은 유일한 물건이었고, 어떤 대가를 치르더라도 잃고 싶지 않았다. 그런데 하필 그는 완전히 벌거벗은 상태였기에 당황한 나머지 자리에서 뛰어내려 진흙탕에 얼굴을 처박으며 쓰러졌다. 떨어지며 생긴 어지럼증이 가라앉고 눈과 입에 묻은 진흙을 닦아냈을 때 그는 곧장 바지를 찾아 나섰다. 자신이 고안한 특정한 계산법에 따라 뒤로 1252걸음을 걷고 그 지점에서 앞으로 28걸음을 나아갔다. 그러고 나서 텅 빈 쪽으로 몸을 돌려 또 150걸음을 셌다. 갑자기 멈춰 선 그는 왼쪽으로 방향을 틀어 1222걸음을 더 걸은 끝에 마침내 바지가 있어야 할 정확한 지점에 도달했다. 이런 산책은 그를 지치게 했지만 이것이 그가 1년에 한두 번 정도 스스로에게 허락하는 유일한 기분 전환이었다.

바지가 그곳에 없는 것을 알고는 얼마나 깜짝 놀랐는지! '누가 내 바지를 훔쳐 갔어.' 그는 혼란스러운 마음으로 생각했다. 하지만 이 판단이 조금 성급하다는 생각에 바닥을 꼼꼼히 살펴보기로 했다. 하긴 어떻게 이곳에 도둑이 있을 수 있단 말인가……. 무릎을 땅에 대고 엎드린 자세 덕분에 매일의 노동이 그에게 강요했던 고된 자세에서 벗어났다. 그건 진정한 휴식이었다. 소중한 옷의 감촉을 손에 느꼈을 때는 거의 기쁨의 눈물을 흘릴 뻔했다! 바지를 입으면서 그는 또 한 번 놀랐다. 피부에 천이 거의 닿지 않고 바지는 이제 속옷만큼만 남아 있었는데, 이런 일에는 도저히 익숙해지지 않았다! 슬픔에 잠겨 벽으로 돌아간 그는 못 하나를 붙잡고 올라탄 뒤 다시 고된 작업을 시작했다. 하지만 팔을 들어 올려 벽의 가장 높은 지점에 닿으려고 몸을 최대한 뻗자마자 바지가 흘러내려 발치로 떨어졌다. 바지를 잃거나 찢어질 위험을 감수하지 않고는 다른 지점으로 건너뛸 수 없어 그는 끊임없이 바지를 다시 주워 치켜 올리고 허리에 매듭을 묶어야 했다. 물론 이 모든 과정은 무한히 많은 시간을 낭비하게 만들었다.

벽을 계속 더듬는 유일한 손은 상당히 닳아 신경이 거의 드러날 정도였다. 다른 손은 부패 정도가 심각했다. 못이 손에 박히기라도 하면 X는 거의 기절할 지경이었다. 그는 이 어두운 탐험이 끝나면 마침내 몸을 쉴 것이라고 생각했다. 바닥에 누워 고통을 잊게 해줄 부드러운 부동의 상태에 몸을 놓아두리라. 내버려두리라. 그런데 약속이 있다는 사실이 갑자기 생각났다.

'약속이라고?' 마음속에서 조롱하는 듯한 작은 목소리가 말했다.

"맞아! 약속!" X가 소리 내어 말했다.

'어디서 만나는데?' 여전히 작은 목소리가 물었다.

불현듯 강렬한 울분에 휩싸인 X는 벽에 머리를 세게 박았고, 그와 동시에 분노의 눈물이 쏟아졌다. 그러나 진정된 뒤에는 천천히 다시 방황을 이어나갔다. 몸을 벽에 바짝 붙인 채, 그는 곤충처럼 돌에서 돌로, 못에서 못으로 나아갔다. 며칠 동안 계속 활짝 편 손으로 거친 벽을 더듬으면서.

머지않아 그는 이 더듬는 행위의 목적이 무엇인지 더 이상 명확히 떠오르지 않았다. 모든 것이 전혀 불필요하게 느껴졌다. 이런 상황에 처하다니 너무 터무니없지 않은가! 어둠 속에서 벽에 몸을 밀착하고 있는 꼴이라니! 조심스럽게 벽을 내려온 그는 바지를 벗어 옆에 개어 두고 바닥에 앉았다. 이번에는 더 이상 움직이지 않기로 결심했다.

달빛이 환한 어느 밤이었다. 성벽 바로 위에 뜬 둥근달 아래서 X는 무심코 발장난을 치다가 지면에서 30미터 높이에 있는 구멍을 발견했다. 그는 희망으로 가득 찬 전율을 느끼며 구멍에서 눈을 떼지 못한 채 그곳에 도달할 방법을 고민했다. 벽에서 못을 몇 개 뽑아 최대한 많은 돌을 무너뜨린 다음에 그 돌들을 구멍 높이까지 차곡차곡 쌓는 것이 유일한 방법처럼 보였다.

어둠 속에서도 벽 아래에서 그 구멍과 수직으로 만나는 지점을 찾을 수 있도록 X는 재빨리 바지를 그 자리에 두었다. 달이 움직이자 그는 다시 어둠 속에 갇혔다.

이렇게 해서 믿기 어려운 작업의 시간이 시작되었다. 그 구멍이 '그자'의 신호일지 모른다는 생각이 들어

X는 주저 없이 몰두했다. 그러나 가끔 '그자'와의 약속이 기이할 만큼 하찮게 느껴졌고, 심지어 밖으로 나가더라도 약속 장소에 가지 않을 거라는 생각까지 들었다. 하지만 단지 자기기만일 뿐 결국 그곳에 **가리란 것**을 그는 알고 있었다!

돌들이 천천히 피라미드 모양으로 쌓여갔다. 충분히 높다고 생각했을 때 X는 길고 고된 등반을 시작했다. 그렇게 생각하면서 이 돌무더기를 얼마나 많이 올랐던가! 며칠이 지나 마침내 구멍 앞에 도달한 X는 망연자실했다. 구멍이 그렇게 좁을 줄은 상상도 못 했던 것이다! 충격과 허탈감 속에서 X는 구멍을 멍하니 바라보았다. 체중이 상당히 줄었지만 그 구멍을 통과할 거라고는 도저히 상상할 수 없었다!

그럼에도 그는 불가능해 보이는 일을 시도하기로 했다. 일단 머리부터. 머리를 통과시키는 것이 가장 어려운 단계였다. 극도로 어려웠다. 몸이 대담하게 그 뒤를 따랐고 지나는 동안 걱정스럽게도 길게 늘어났다. 밖으로 나와 X는 줄을 하나 발견했다. 그 줄을 타고 미끄러져 내려온 X는 터널 입구를 마주하고 땅바닥에 주저앉았다. 사방에서는 꽃이 핀 들판 위로 찬란한 태양이 환희에 찬 빛을 쏟아부었다. 길고 가느다란 풀이 부드럽게 흔들리고 있었다. 그것들을 바라보며 그는 행복으로 몸을 떨었다. 이 경관을 질리지 않고 감상하면서도 그는 조금 있다가, 곧 그러고 싶어지는 때가 오면 발아래 풀의 부드러운 감촉을 느끼는 커다란 기쁨을 누릴 거라고 속으로 되뇌었다. 그는 그 위에 누우면 몸에 난 화끈거리는 상처를 풀이 얼마나 시원하게 가라앉혀줄지를 벌써 상상하고 있었다. 하지만 충분히 음미하기 전에는 이 경이로운 장면의 마법을 깨뜨리고 싶지 않았다.

이제 일어나 들판 쪽으로 걸어가려 할 때 X는 놀랍게도 거기 바로 옆에, 어떤 기둥, 표지판 같은 기둥 하나가 조금 전까지 아무것도 없던 자리에 서 있는 것을 발견했다. 힐끗 보고 고개를 돌리려던 찰나 표지판에 새겨진 글자가 눈에 들어왔다. **만남의 장소.** 화살표는 터널 방향을 가리키고 있었다. 들판이나 꽃들을 돌아볼 겨를도 없이 후회로 가득 차 답답해진 가슴을 안고 X는 그 좁고 긴 통로 속으로 몸을 밀어 넣었다.

그곳의 습기는 얼음같이 차가웠다. 뼛속까지 냉기가 스며들고 이가 딱딱 부딪쳤다. 갑자기 엉덩이에 사납게 물어뜯기는 느낌이 들어 비명을 지르며 손으로 상처를 더듬었다. 몹시 실망스럽게도 바지가 사라졌다는 사실을 그는 알아차렸다! 대체 어디에서 잃어버렸을까? 담

안에서, 어쩌면 구멍을 통과할 때 잃어버렸는지도 모른다. 바지를 지켜내려던 모든 노력이 헛일이 되어 X는 깊은 실망과 슬픔을 느꼈다. 운명은 정말이지 그에게 너무나 친절했다! 어디선가 들려오는 웃음소리에 깜짝 놀라 몸을 움찔했다. "거기 누가 있나요?" 아무것도 보지 못한 채 X가 물었다. 아무도 대답하지 않자 이번에는 자신이 듣기에도 힘없는 목소리로 다시 물었다. "거기 누구 있나요?" 갑자기 그의 발이 물에 잠기기 시작하더니 곧 엉덩이까지, 그리고 목까지 차올랐다. 그는 이제 헤엄쳐야 한다는 것을 깨달았다.

한 팔 한 팔 저으며 힘겹게 앞으로 나아가는데 짧고 다급한 목소리들이 사방에서 그를 에워쌌다. 알아들을 수 없지만 드물게 격렬한 고함이 터져 나오다가 이내 모든 것이 고요해졌다. X는 이제 자신의 가쁜 숨소리와 물소리 외에는 들리지 않았다. 어느 굽이에 다다랐을 때 멀리 한 줄기 빛이 보였다. 터널의 끝인 듯했다. 그제야 그는 자신이 이 터널을 빠져나갈 수 있을지에 대해 한 번도 의문을 품지 않았다는 사실에 놀랐다. 이런 갑작스러운 무심함은 어디서 왔을까? 설명할 수 없었지만 그는 약간 당혹스러움을 느꼈다. 갑자기 그의 몸이 자갈에 쏠렸다. 더 이상 물은 없었다. 일어서려 했지만 몸이 따라주지 않았고, X는 기어서 계속 나아가기로 마음을 먹었다.

터널을 빠져나온 X는 손을 짚고 일어나 고개를 들어 주변을 살폈다. 몸이 벌레에 갉아 먹힌 듯한 벌거벗은 여자가 마찬가지로 벌거벗은 어린아이를 끌고 가고 있었다. 아이는 몹시 지쳐 보였다. 여자가 아이를 걷게 하려고 잡아당겼지만 아이의 다리는 걸음마다 휘청거렸다. 여기저기 남자와 여자들이 나타났다. 얼굴이 있는 사람들—그런 사람들은 드물었다—은 입이 기이할 만큼 가늘고 눈이 멍하니 흐렸다. 그들은 걸었다. 각자 혼자서, 서로를 모르는 사람들처럼. 많은 이가 위협적인 몸짓을 했다. 누구도 말을 하지 않았다. "물론 나라마다 사람들이 같을 수는 없지…… 많은 것이 다르고…… 놀랍기도 하고……." X는 뱀처럼 다시 몸을 움직이며 침울하고 고집스럽게 되뇌었다. "나도…… 변하지 않았을까…… 그렇다면 그것은 무슨 의미일까……." 그는 갑자기 좁은 골목 앞에서 멈춰 섰다. 그곳에는 쥐들이 줄을 지어 지나가고 있었다. 긴 소름이 그를 훑었다. '아마 그리 나쁜 놈들은 아닐 거야.' X는 그렇게 생각하며 좁은 골목으로 들어섰다. 곧 쥐 몇 마리가 그의 등에 올라타 달리더니 다른 쥐들은 얼굴로 뛰어올라 코와 입을 물었다. 매달리는 것을 즐기는 쥐도 있었다. 몹시 화가 난 X는 언젠가 만남이 성사되어 예를 들어 '그자'와 커다란 안락의자에 앉아 차를 마시게 되면 반드시 해명을 요구하겠다고 다짐했다. 만약 그를 깔보고 해명을 거절한다면 그는 자신을 끊임없이 괴롭히는 여러 의문이 해소되기를 바라며 조용하지만 단호하게 거듭 설명을 요구할 것이다. 하지만 마음 깊은 곳에서 그는 그런 대화가 불필요하리란 것을 확신했다. '그자'는 만나자마자 모든 오해를 기꺼이 풀어주려 할 테니까.

좁은 길이 갑자기 넓어지더니 집들이 가득 늘어선 대로로 바뀐 것은 다른 놈들보다 더 성가시게 귀를 미친 듯이 물어뜯는 쥐를 떼어내려던 참이었다. 집들은 이상할 만큼 낮았다. X는 그 안에서 어른은 물론이고 아주 작은 아이도 똑바로 서 있지 못하겠다고 생각했다. 그럼에도 그 집들에는 위안이 되는 무언가가 있었다. 이유는 설명할 수 없지만 마음이 벅찼다.

그 순간 몇 미터 앞에 있는 집에서 갑작스럽게 강렬한 빛이 뿜어져 나와 그를 눈부시게 했다. 바로 여기가 틀림없이 '미지의 존재'와 만날 장소였다! 그는 행복에 겨워 몸이 마비될 것만 같았다. 거기에 도달할 수 있을지를 의심했던 것은 아니지만 모든 고난과 슬픔 끝에 마침내 도달했다는 사실이 그를 취한 기분이 들게 했다.

땅바닥을 기는 모습으로 '그자' 앞에 나타나야 한다는 생각이 떠오르자 그는 견딜 수 없었다. 그래서 기적에 가까운 힘을 짜내어 마침내 일어서서 고통으로 뒤틀린 몸을 이끌고 집까지 남아 있는 몇 걸음을 내디뎠다.

이 집은 다른 집들과 달리 엄청나게 높고 좁았다. 철문 하나가 집을 막고 있었다. X가 다가가서 두드리려는 순간 문이 활짝 열렸다.

X는 공포에 찬 비명을 질렀다. 얼빠진 눈으로 공포에 사로잡혀 뒤로 물러서려 했다. 소용돌이치는 바람이 그를 둘러싸더니 마치 수의처럼 휘감았다. 그는 저항할 수 없이 빨려 들어가는 느낌을 받았다. 그가 문지방을 넘자 문은 그의 뒤에서 천천히 닫혔다.

X는 자신이 도착했다는 것을 알았다.

아버지의 집

이 일을 그만두자고 결심할 때마다 그는 내 앞에 서서 슬픔이 가득한 눈으로 말한다. "제발 포기하지 마세요. 곧 정상에 도달할 수 있을 겁니다." 오늘도 걱정스러운 표정으로 여기에, 그는 내가 어떤 결정을 내릴지 기다리며 어김없이 서 있다. "제발 부탁드리겠습니다." 그는 다시 한번 말한다. 내가 이번에는 물러서지 않을 줄 눈치챈 듯이. 그의 슬픈 목소리가 마음을 아프게 한다. 나는 이미 졌다는 것을 안다. 마천루를 바라보고, 땅에 놓인 사다리를 나는 바라본다. 맡은 일을 끝내기 위해 만들어야 하는 가로대가 아직 1000개쯤 되어 보인다. 그는 기다린다. 그의 존재가 나를 얼어붙게 만든다. 그는 기다린다. 그의 눈에서 눈물이 흐르고 이마에는 아주 작은 핏방울들이 맺힌다. 그에게 이런 고통을 안긴다는 사실이 나를 괴롭게 한다. 그를 고통에서 벗어나게 해주려고 나는 사다리 옆에 무릎을 꿇고 무거운 마음으로 다시 일을 시작한다. 안도하며 그는 사라진다.

그에게서 뿜어져 나오는 힘이 무엇인지는 모르겠지만 그 힘은 나를 압도한다. 그런데 가끔 멀리서 다가오는 모습을 우연히 볼 때면 그는 연약하고 버려진 존재 같다.

그의 아버지가 이 마천루 꼭대기 층 집을 내게 주려 한다고 그가 전했을 때 그 제안을 왜 받아들였는지 아무리 되짚어봐도 납득할 만한 이유는 하나도 떠오르지 않는다. 그 낯선 이의 말로는 그 집이 비할 데 없이 화려하고 이루 말할 수 없는 안락함을 느끼게끔 꾸며져 있다고 한다. 하지만 그런 말이 내 결정에 영향을 미친 건 아니었다. 나도 그건 안다. 나로 하여금 그 집을 수락하게 만든 것은 이 젊은이의 집요함이었다. 수년 동안 나는 여기저기서 그를 마주쳤고 그는 항상 아버지의 제안을 입에 달고 있었다. 내가 거절할 때마다 그는 절망했고 얼굴에는 점점 더 큰 고통의 표정이 떠올랐다.

세월의 무게에 짓눌려 내 머리로는 더 이상 이 모든 것을 제대로 판단할 수 없게 되었는지도 모르겠다.

나는 사다리를 만드는 일에 미친 듯이 매달리고 있다. 그것만이 그 아버지의 집에 도달하게 해줄 것이다.

다른 사람들과 단절된 채 나는 하루하루 더 숨 막히는 고독 속에서 늙어간다. 기쁨은 잃었지만 희망이 없지는 않다. 내 안에는 희미하고, 그렇다, 아주 막연하고 어쩌면 미친 것 같기도 하지만, 언젠가 하늘과 땅 사이 어딘가에서 마침내 쉬게 되리라는 희망이 남아 있다. 이곳은 황량하고 고층 빌딩과 숲만 있을 뿐, 회색 돌과 검은 나무 외에 눈길을 둘 꽃 한 송이도 작은 초록 풀 한 포기도 없다.

나는 나무를 벤다. 사다리에 하나씩 추가할 가로대를 만들기 위해 나무를 똑같은 길이의 작은 막대기로 자른다. 하지만 필요한 가로대가 너무 많아서 때로 내가 이 일을 끝내지 못할 것 같은 생각이 들기도 한다. 가끔은 이 작업과 이곳의 삶이 무슨 의미인지 도무지 이해가 되지 않아 그걸 너무 많이 생각하다가는 미쳐버릴 것만 같다.

어느 날 막 베어낸 거대한 나무를 끌고 가는데 갑자기 어깨에 손이 닿는 느낌을 받았다. 돌아보니 끔찍하게 생긴 털북숭이 노인이 나를 보며 미소를 짓고 있었다. 몇 발자국 뒤에는 젊은 남자가 고개를 숙인 채 서 있었다. "제 아버지예요." 혐오스러운 인물을 손으로 공손하게 가리키며 그는 거의 들리지 않을 만큼 작은 목소리로 말했다. 내가 그 아버지에 대해 무슨 생각을 품고 있었는지, 생각을 품기는 했었는지조차 모르겠지만 그를 보는 순간 땅이 내 발밑에서 꺼지는 기분이 들었다. 끔찍한 속임수의 피해자가 된 느낌이었다. "제 아버지예요" 아들이 되풀이했을 때 나는 아버지가 아들에게 달려들어 주먹과 발길질을 퍼붓는 모습을 보고 깜짝 놀랐다.

젊은이는 텅 빈 눈으로 아무 말 없이 매질을 견뎠다. 그는 휘청거리다가 땅에 얼굴을 박고 쓰러졌다. 노인은 아들의 팔을 잡아 일으켜 세우더니 질질 끌며 사라졌다.

이 광경은 큰 절망을 안겼고 내 존재 전체를 무너뜨렸다. 아들이 그토록 존경한다고 말했던 아버지가 전혀 존경할 가치가 없는 사람인 것을 보며 나는 어두운 음모의 장난감이 된 듯한 기분이었다. 의심으로 마음을 갉아먹힌 채 나는 사다리 근처에서 며칠 동안이나 무너진 마음을 안고 누워 있었다. 누구를 위해, 무엇을 위해 나는 애써왔던 걸까?

이후 무기력과 위안이 되는 마비감 속에서 머리가 텅 빈 채 나는 얼마간의 평온한 안락함을 누렸다.

낯선 사람이 다시 왔다. 창백한 안색과 수척해진 몸을 보자마자 병이 든 것이 틀림없다는 생각이 들었다. 입술이 움직이는 걸 보면 말하고 싶어 하는 것 같았지만 목에서는 아무 소리도 나오지 않았다. 그는 공포를 느낀 것이 분명했다. 몸을 떨기 시작했고, 눈에 끝없는 고통이 비쳤으니까. 나는 품던 불만을 한순간에 잊어버리고 내가 도울 수 있을지 모른다는 막연한 생각에 일어나려고 했다. 엄청난 노력 끝에 간신히 몸을 일으켰다. 마침내 일어서서 그에게 다가갔다. 그는 갑자기 뒤로 물러났다.

당황하고 거의 죄스러워하는 듯한 젊은이의 태도를 보니 아버지의 행동 때문에 내 앞에서 수치심을 느끼는 것 같단 생각이 들었다. 그가 깊은 연민을 불러일으켰기에 나는 그를 편안하게 해주고자 아무 일 없는 것처럼 하기로 마음먹고 아버지가 매우 훌륭한 분 같더라고 말했다. 그러자 그의 얼굴이 환해졌다.

"왜 우리에게 이렇게 큰 고통을 주시는 겁니까?" 그는 가라앉은 목소리로 말했다. "아버지의 이름으로 간

청드립니다. 저를 보내신 건 그분이에요." 그리고 잠시
뒤 자기도 모르게 덧붙였다. "부탁드립니다. 집에 도달
하기까지 할 일이 얼마 남지 않았습니다. 사다리도 이
제 거의 완성되었잖아요." 나약한 그의 모습이 연민과
죄책감을 불러일으키지 않았더라면 나는 그가 다시 일
하라고 요구했을 때 그를 증오했을 것이다. 그가 옳았
다. 이제 끝내야만 했다. 나는 모든 면에서 부조리하고
도무지 이해할 수 없는 모험에 휘말려 있었다.

봄, 여름, 가을은 진즉 죽은 계절이었다. 나는 완전히
발가벗겨졌고 오직 혹독한 겨울만이 남아 있다. 비, 바
람, 회색빛이 뼛속까지 나를 꿰뚫는다. "따뜻해질 거예
요. 거기 올라가면 편안해질 겁니다." 그는 때때로 말한
다. 나는 강박이 되어버린 이 목표를 위해 밤낮없이 일
하고 있다. 육체적 고통과 정신적인 괴로움이 나를 잠
시도 쉬게 두지 않는데도.

숲 전체를 베어내어, 상상할 수 없을 만큼 즐거움이
가득하다는 그 대단한 집에 도달하게 해줄 사다리의 새
로운 단들을 나는 잠시도 쉬지 않고 만든다. 하지만 이
따금 내 인생이 꼭 존재해야 할 이유가 없는 것 같다는
생각이 덮쳐올 때가 있다. 그러면 죽을 준비를 하며 여
러 날 동안 절망에 빠져 지낸다. 그러나 그가 나타나 길

고 슬픈 시선을 내게 두기만 하면 나는 즉시 양심의 가책과 자책에 사로잡혀 다시 일을 시작한다.

여러 달이 흐른 어느 날 나는 그의 아버지를 다시 보았다. 아들은 없었다. 일이 끝나가던 참이어서 나는 어쩌면 노인이 그간의 노력을 칭찬하기 위해 왔을지도 모른다고 생각했다. 그런데 내가 받게 될 집에 대해 감사를 표해야 한다는 생각이 갑자기 떠올랐다. 그래서 나는 어설픈 몇 마디를 더듬거렸다. 내게 다가오며 그는 기품 있는 몸짓으로 손을 내밀었다. 그의 손은 길고 섬세하며 비할 데 없이 희었다. 피와 고름이 흐르는 내 손을 떠올리며 나는 어떤 상황에서도 그의 손을 잡을 수 없다는 것을 깨달았다. "마지막으로 완수해야 할 일이 하나 남아 있다. 그러고 나면 그대는 부끄러움 없이 나와 대등해져서 내 품에 안기게 되리라." 다른 말은 없이 그는 사라졌다. 그의 말이 나를 두렵게 했다. 그 말에 문득 나는 그가 얼마나 비열한지, 우리 사이의 거리가 얼마나 메워질 수 없을 만큼 큰지를 깨달았다. 그때까지 한 순간 한 순간 끝없는 노력으로 이겨냈던 고통과 불안이 이제 내 심장을 짓누르고, 나를 숨 막히게 하며 내 생각과 뇌 전체를 침범했다. 나는 더 이상 내가 아니라 불안의 덩어리가 되어 있었고, 이 불안이 이성을 무너뜨리기를 바라면서 그 속에 내 몸을 내던지고 빠져들어갔다. 교활하게도 불안은 내 피부에 달라붙어 있을 뿐이었다. 나는 이번만큼은 결심이 섰다. 내게 주어진 마지막 과업, 즉 마천루에 사다리를 기대어 놓고 집을 차지하는 일은 포기하기로.

바로 그때 그가 나타났다.

우리는 잠깐 서로 마주 보며 꼼짝하지 않았다. 시선이 교차했고, 나는 내가 계속해 나아가야 한다는 것을 알았다. 그는 고개를 숙이고 도망쳐 밤 속으로 사라졌다.

헤아릴 수 없는 어려움을 겪으며 마침내 사다리를 마천루 벽에 세우는 데 성공했다.

긴 세월에 걸친 고통의 무게를 짊어지고 나는 사다리를 오르기 시작했다. 아주 멀리 어두운 두 점처럼 보이는 아버지와 아들을 땅바닥에서 발견한 것은 이제 몇 칸만을 남겨두었을 때였다.

예상치 못한 등장에 내 마음은 갑자기 엄청난 행복으로 차올랐다.

아무것도 보이지 않을 만큼 어두운 집 안으로 들어가기 위해 창문을 넘으려고 할 때였다. 갑자기 사다리가 벽에서 떨어지는 느낌이 들었다. 나는 겁에 질려 아래를 내려다보았다. 노인이 두 손으로 사다리를 쥐고 끌어당기고 있었다. 사다리가 곧게 서자, 그는 나에게 불편한 그 상태로 사다리를 터무니없이 오랫동안 붙잡고 있었다. 온 힘을 다해 나는 노인에게 사다리를 제자리에 다시 놓아달라고 소리쳤다. 간청하고 애원했다. 그는 아무것도 하지 않았다. 내가 요청할 때마다 그는 사다리를 흔들며 미친 듯이 웃었다. 공포에 질려 말문이 막힌 나는 더 이상 아무 말도 하지 않고 온 힘을 다해 사다리를 붙잡는 데만 집중했다. 갑자기 노인이 흔들기를 멈췄다. 그 틈을 노려 나는 내려가려고 했다. 그러자 노인이 다시 사다리를 미친 듯이 흔들기 시작했고, 그의 웃음소리가 나한테까지 들려왔다. 어쩌면 아직 한 가지 희망이 남아 있을지도 몰랐다. 아버지 옆에 고개를 숙이고 서 있는 젊은이에게 말을 거는 것이다. 잠시 망설이던 아들은 마침내 아버지에게 호소했다. 그 대답으로 노인은 젊은이의 배를 발로 걷어찼다. 사다리는 이제 아찔할 정도로 기울었다. 현기증이 났다. 땀이 목덜미를 따라 흘러내렸다. 사다리에 발을 붙들어두기 위해 안간힘을 쓰는 일이 나를 완전히 지치게 했다. 금세 그것은 더 이상 불가능해졌다. 안정된 자세를 잃자 팔을 위태롭게 뻗은 채 다리와 온몸이 허공에 매달렸다. 노인은 다시 한번 사다리를 멈췄다. 팔이 너무 팽팽하게 늘어나 몸에서 떨어져 나갈 것만 같았다. 그러다 빠르고 격렬한 흔들림이 시작되어 내 몸은 사다리 발판에 이리저리 부딪히다가 다시 허공에 떠 있었다. 그제야 나는 초인적이고 악마 같은 힘을 지닌 노인이 절대 멈추지 않으리라는 것을 깨달았다. 팔이 아팠다. 마침내 지쳐서 더 이상 몸 옆에 늘어뜨린 팔을 들어 올릴 수 없는 순간이 왔다. 힘이 다한 내 손이 서서히 사다리를 놓았고, 결국 나는 허공으로 떨어졌다. 그와 동시에 노인이 폭소를 터뜨렸다.

나는 내가 어디에 있는지 모르겠다. 태양은 사라졌다. 나는 보이지 않는 길을 걷고 있다. 침묵은 절대적이다.

저 멀리 빛나는 점이 하나 있다. 사람들은 지상이라고들 한다. 나는 그곳을 모른다. 그곳은 천국이라고도 불린다. 근심 없는 삶과 기쁨이 가득하고 훌륭한 사람들이 사는 곳. 그들은 인간이라고 불린다. 계속 걷다 보면 어쩌면 나는 그들에게 닿을지도 모르겠다. 이때금 길 위에서 낯선 이를 마주친다. 나는 그의 창백하고 슬픈 얼굴과 빛나는 점 쪽으로 가는 길을 가리키기 위해 들어 올리는 팔을 볼 수 있을 뿐이다. 그가 없었다면 나는 계속 나아갈 힘을 얻지 못했을 것이다. 나는 그저 천천히 어둠 속으로 미끄러져 들어갔을 것이다.

내게 말해준 건 그 사람이다. 저기 보이는 것이 지상
이며, 지상이 곧 천국이라고.
어떻게 그를 믿겠는가?
나는 절대 그곳에 도착하지 못할 것이다.

짐승 우리

안개가 낀 날들, 비 오는 날들, 그리고 햇살이 좋은 날들이 있었다. 추운 날들, 바람 부는 날들, 또다시 햇살이 좋은 날들.

"날씨가 좋네요!"

"햇살이 아름다워요!"

도시 전체가 기쁨에 찬 웅성거림으로 들썩였다.

"그래요, 햇살이 아름답네요!"

"정말로 아주 좋아요! 날씨도 근사하고요!"

하지만 그녀는 날씨에 따라 달라지는 빛깔을 알아차리지 못했다. 그저 여자들이 원피스를 입고 거리로 나가고 남자들이 외투 없이 다닐 때 테라스가 사람들로 가득 찰 때, 그녀는 조금 더 외로워졌고 조금 더 슬퍼졌다. 비와 바람, 서리가 지나가는 이들을 당혹스럽게 하고 사람들이 코트 깃 속에 고개를 묻은 채 주위를 둘러볼 겨를도 없이 바삐 걸을 때야 그녀는 세상과 날씨, 그리고 자기 사이에 조화를 느꼈다. 그것은 회색빛의 조화, 슬픔의 조화였다.

햇빛이 범람하는 대로와 이제 막 터질 듯한 꽃봉오리들은 새봄이 찾아왔음을 알렸다. 그녀는 걷고 있었다. 아니 산책하고 있다는 편이 낫겠다. 일요일에 바람 쐬러 거리로 나와 아무런 욕망이나 목적 없이 활기 넘치는 사람들 속을 거니는 것을 가리키는 표현이 그것이니까. 지나가는 사람들을 유혹하는 쇼윈도도 감흥을 주지 못했다. 새 가방, 반지, 스카프 같은 것들이 그녀에게 무슨 즐거움을 주었을까? 아니다, 그녀의 관심사는 오후 시간을 어떻게 가장 알차게 보낼까 하는 것이었다. 그날도 매주 일요일에 그러듯 공장에 가지 않아도 되는 행운을 누리고 있었으니 그 시간을 잘 즐겨야만 했다. 그녀는 항상 자신에게 말하곤 했다. 즐겨야 해. 하지만 정작 어떻게 즐겨야 할지 몰랐고, 일요일마다 점점 더 막막해졌다. 그래서 그녀는 거리로 나섰다. 당혹스러운 마음을 해소할 방법을 바깥에서 찾을지도 모른다는 막연한 희망을 품고서.

그녀는 영화관 앞을 지나다가 포스터에 적힌 글귀를 보았다. **모데라토 칸타빌레(MODERATO CANTABILE)**. 뜻을 알지 못했지만 읽기에 아름답다고 느꼈다. 자신을 위해, 발음되는 소리를 듣기 위해 그녀는 그 단어들을 낮은 목소리로 부드럽게 읊조리고 되풀이해 발음하며 즐거워했다. 영화를 보려고 기다리는 사람들 속에 섞이고 싶은 유혹을 느꼈지만 상영 도중 자리를 떠야 할지도 모른다는 생각에 마음을 접었다. 누군가의 팔꿈치가 자신의 팔에 스치거나 낯선 손이 부주의하게 무릎에 닿아 불편해지는 일이 너무 잦았으니까. 그래서 그녀는 다시 산책을 이어나갔다.

벌써 하루가 끝없이 길게 느껴졌고, 그녀는 어서 끝나기를 간절히 바랐다. 그런데도 평일에 공장에서 일할 때면 일요일이 마치 후광을 두른 듯 보였다. 그날이 전에 없던 기쁨이나 심지어 삶의 변화를 가져다주기라도 할 것처럼! 슬그머니 다가오는 낙담에 빠지지 않기 위해 그녀는 고개를 들고 걸음을 재촉하며 행복한 듯 억지로 미소를 지었다. 맞은편 인도에는 구경꾼들이 원을 이루고 있는 것이 보였다. 길을 건너 무리 쪽으로 다가갔지만 앞에 있는 사람들 때문에 그 광경은 볼 수 없었고, 한참을 기다린 뒤에야 그녀는 한 남자가 원숭이에게 곡예를 시키고 있다는 것을 알아챘다. 건장한 체격의 남자는 낡은 벨벳 바지에 기름얼룩이 묻은 흰색 러닝셔츠를 입고 있었다. 남자의 명령에 따라 원숭이는 철제 의자 등받이 위에서 물구나무를 서고 한쪽 발로 균형을 잡았으며, 주인의 어깨로 뛰어올라 머리카락 속에 손을 집어넣고는 이를 찾는 사람처럼 머리카락을 들춘 뒤 진짜 이라도 발견한 듯이 두 손톱으로 눌러 터뜨리는 시늉을 했다. 관객들이 낄낄대며 웃었다. 환호했다. 그러면 원숭이는 땅바닥으로 폴짝 뛰어내려 허리를 굽혀 인사하고 머리에 쓴 바스크 베레모를 벗어서 동전 몇 닢으로 구경값을 치르는 관객들의 코앞에 내밀었다.

그녀는 자신이 본 광경에 살짝 역겨움을 느끼며 무리에서 빠져나왔다. 몇 달 전에도 이런 감정을 경험한 적이 있던 터라 그때의 상황이 머릿속에 갑작스럽게 떠올랐다. 일요일이었고, 동물원에 있었다. 처음부터 그녀가 목격한 실의에 빠진 동물들의 모습은 그 감옥 앞에서 어슬렁거리는 사람들의 유쾌한 분위기와 대조를 이루며 묘한 불쾌감을 불러일으켰다. 철창 안에서 모두의 시선에 노출되어 있는 슬프고 외로운 동물들은 그녀에게 수치심을 불러일으켰다. 가장 고귀하고 야생적이라고 알려진 동물들은 그 존엄성이 가장 훼손된 듯 보였다. 사자는 이제 침울하고 무기력한 큰 짐승일 뿐이었다. 하지만 사자에게는 호기심 많은 구경꾼들을 향해 경멸의 표시로 오만하게 무관심한 태도를 과시하는 고귀함이 여전히 남아 있었다. 구경꾼들은 그런 태도에 모욕감을 느꼈고, 그들이 하는 말을 들어보거나 분해하는 표정만 보아도 그것을 알 수 있었다. 스스로를 동물의 왕이 욕망하는 대상이라고 믿었던 그들은 그 맹수가 자기들에게 도달하려는 헛된 희망을 품고 철창을 향해 돌진하고 달려드는 모습을 보고 싶어 했다. 짐승이 쓰러졌다가 또다시 몸을 던지는 모습을 보길 바랐다. 그러는 동안 그들은 조롱하고 우쭐해하며 그 짐승의 헛된 몸부림을 비웃었을 것이다. 사자가 자신들을 원하기는커녕 완전히 무시한다는 사실에 기분이 상한 그들은 맹수에 대한 몇 마디 험담으로 실망을 감추고 복수하듯 원숭이를 보러 달려갔다. 그곳에는 어떠한 부끄러움이나 가식도 없었다! 사람들은 대등한 위치에서 인간을 흉내 내는 동물들을 보며 한참 동안 웃었다. 그녀는 서둘러 동물원을 빠져나왔고 다시는 돌아가지 않았다.

사람들은 큰길을 따라 평화롭게 걸었다. 마주치는 연인들, 가족들의 침울하고 굳은 표정은 그녀를 놀라게 했다. 그녀는 만약 자신이 사랑하는 이와 함께였다면 행복으로 빛났을 것이라고 생각했다. 어쩌면 그들은 서로 사랑하지 않았던 걸까? 아니면 이제는 더 이상 사랑하지 않게 되었거나. 공장 동료들에 따르면 사랑은 결혼에 필수가 아니었다. 사랑이 아니라 우정만 느껴진다는 이유로 그녀가 상사의 청혼을 거절했을 때 모두가 이렇게 말했다. "사랑! 사랑! 일단 결혼부터 하고 그다음에 어떻게 되는지 봐……." 어쩌면 이들도 그랬는지 모른다. 먼저 결혼을 한 뒤에 어떻게 될지 보자고. 그녀는 갑작스럽게 극심한 피로를 느꼈다. 거리도 사람도 집도 모두 칙칙해 보이고 자연이 배제된 이 돌로 된 도시가 무의미하게 느껴졌다. 이제 그녀는 외출한 것을 후회하고 있었다. 잠시 시간을 보내기 위해 카페테라스에 앉아 있기로 했다. 큰길가에는 테라스 카페가 많았고, 모두 사람들로 가득 차 있었다. 그녀는 아무 데나 골라 구석에 빈 테이블 하나를 힘들게 찾아냈다. 무엇을 원하는지 묻는 웨이터에게 커피를 주문했다. 그녀는 커피를 좋아했지만 거의 마시지 않았다. 밤에 커피를 마시면 잠을 설쳤고 공장에서 마시는 커피는 형편없는 맛이었으며, 아침에는 너무 졸려서 커피 한 잔을 내릴 엄두를 내지 못했다. 어느 날 밤 커피 한 잔의 유혹을 이기지 못했던 그녀는 불면증에 시달리다 일어나서 신문 가판대에 책을 사러 나갔다. 하지만 서로 사랑하는 두 사람, 오직 서로를 위해, 서로에 의해 살아가는 사람들의 삶에 그토록 깊이 빠져드는 일—그것은 사랑 이야기였다—은 자신의 고독을 너무도 생생하게 깨닫게 했고, 끝내 책을 다 읽지 못한 채 덮어버리고 밤새도록 울었다. 이제 그녀는 일요일 오후 같은 이런 때가 아니면 커피를 마시는 일을 스스로에게 허용하지 않았다.

그녀는 서둘러 떠나야 한다고, 함정을 피해야 한다고 느꼈다. 조심하지 않으면 생각을 하다 틀림없이 함정에 빠지고 말 것 같았다. 차라리 군중 속에 섞여드는 편이 멀찍이서 비판적인 눈으로 바라보는 것보다 나았다. 그녀는 집에 돌아가기까지 아직 네 시간이 남았다는 사실을 생각했다. 그러면 그녀의 휴일은 끝날 터였다.

이 거리 저 거리를 거닐다 보니 축제가 열리는 광장이 불쑥 나타났다. 빛이 흘러넘치고 사람들이 새까맣게 들어차 있었다. 고함과 음악이 뒤섞인 소란 속에서 아이들, 남자들, 여자들이 놀이기구에 올라타 공포로 비명을 지르고 기쁨으로 환호성을 질렀다. 백조나 돼지 혹은 자전거를 타고 빙글빙글 도는 제 아이들을 놀란 얼굴로 지켜보는 사람들도 있었다. 그녀는 무엇을 해야 할지 몰랐다. 축제 속으로 들어갈까 아니면 산책을 계속할까? 마음을 정한 그녀는 움직이는 인파에 합류해 흐름이 이끄는 대로 따라갔다. 유령 열차와 전망 열차, 범퍼카와 그네, 사격장, 하늘로 솟아올랐다가 곤두박질 치는 비행기들이 보였다. 비행기를 타보고 싶었지만 혼자는 별로 내키지 않았다. 주위에서 사람들이 웃으며 서로를 부르고 마시멜로와 솜사탕, 하트 모양의 진저브 레드를 먹었다. 모든 얼굴은 기쁨으로 빛났다.

군중 속에서 밀쳐지고 재촉당하고 이리저리 떠밀리 느라 그녀는 축제에서 흔들리는 앞사람들의 등 외에는 아무것도 보지 못했다. 빠져나오려 애쓰며 사람들을 헤치고 나아가 1프랑이면 들어간다고 사람들을 초대하는 여자가 있는 부스에 다다랐다. 그녀는 가방에서 동전을 꺼내 계산원에게 건넸고, 계산원은 그녀를 커튼 너머로 안내했다. 그녀는 벽이 거울로 뒤덮인 거대한 방에 들어섰다. 그녀는 자신이 난쟁이처럼 작아졌다가 거인처럼 커지고, 거대해졌다가 실오라기처럼 가늘어지는 걸 번갈아 보았다. 몸통이 키보다 커지고 다리는 짧아졌으며 얼굴이 일그러져 흉측해졌다. 사방에서 터져 나오는 웃음소리를 들으며 그녀는 친구들과 함께라면 이런 모습을 보는 것이 웃길 수도 있겠다고 생각했다. 하지만 혼자일 때는 악몽일 뿐이었다!

그녀가 거울 속에서 유독 기괴하게 일그러진 자기 모습을 바라보고 있는데 그 옆에 또 다른 모습이 나타났다. 그 실루엣이 너무나 우스꽝스러워 옆 사람의 실제 모습을 확인하고 싶어진 그녀는 고개를 돌렸다. 두 사람의 시선이 마주쳤고, 그대로 멈췄다. 평생 함께할 인연이라는 느낌이 벼락처럼 그녀를 덮쳤다. 같은 감정에 사로잡혀 두 사람은 말없이 얼어붙어 있었다. 남자가 다가왔고 마치 평생 알고 지낸 사람처럼 자연스럽게 그녀를 잡아당겨 품에 다정하게 안았다.

그러고 나서 그들은 함께 비행기에 올랐고, 함께 감자튀김과 프랄린*을 먹었다. 두 사람은 사랑과 기쁨이 가득 찬 마음으로 함께 축제 속을 걸었다. 그가 이름을 물었고, 그녀는 "베르트"라고 답했다. 그가 "베르트"라고 되풀이해 말했을 때 그녀는 자기 이름을 처음 듣는 듯한 느낌을 받았다. 그의 이름은 '피에르'였다. 베르트의 가슴속에 '피에르'라는 이름은 황금빛 불꽃으로 영원히 새겨졌다.

그들이 처음으로 술을 마신 작은 가게는 단골 데이

● 설탕을 녹여 견과류에 입힌 달콤한 간식거리.

트 장소가 되었다. 주인 가스통은 웃음 띤 눈과 쾌활한 분위기, 늘 친절한 말씀씨로 손님들을 맞이하는 특유의 태도 덕분에 단박에 호감을 샀다. 손님들은 하루를 마무리하며 그의 가게에서 잠시 쉬는 것을 좋아했다. 그곳을 찾는 것은 피에르와 베르트에게 하나의 의식이 되었다. 그들은 잠시 그곳에 머물렀다가 그 뒤엔 집으로 돌아갔다. 요리는 그들에게 기쁨이었고, 함께 식탁에 앉는 일은 기적처럼 황홀한 일이었다.

다정하고 애틋하며 깊고 관능적인 밤들이 두 사람을 사랑의 신비 속에 감쌌다. 아침이 되면 두 사람은 잠든 순간에도 서로를 놓지 않았다고 속삭이곤 했다. 그들의 사랑은 웃음이었고, 입맞춤이었고, 피에르가 침대로 가져다주는 뜨거운 커피 한 잔이었으며, 버터 바른 빵 조각을 한 입씩 베어 무는 기쁨이었다. 사랑은 함께 있게 되었다는 경이로움이었다. 그들에게는 요정이 마법 지팡이를 휘둘러 세상의 모습을 바꿔놓은 것 같았다. 하지만 어느새 헤어져야 할 시간이 다가왔고, 이별은 고통스러웠다. 입맞춤…… 한 번 더…… 딱 한 번만 더…… 마지막으로! 그러고 나면 그들은 온종일 떨어져 지내야 했다!

어느 날 밤 가스통의 가게에서 피에르가 다음 주 일

요일에 동물원에 가자고 제안했다. 가본 적이 있어? 그
는 여러 번 가보았고, 아주 좋아한다고 했다. 함께 가면
행복할 것이라고. 베르트는 문득 동물원에 갔던 기억과
그때 느꼈던 불쾌한 감정이 떠올랐다. 하지만 피에르와
함께라면 모든 게 아주 달랐다…….

술잔을 비우고 자리에서 일어나려는데 가스통이 한
잔 더 마시고 가라며 붙잡았다. 요즘 들어 그는 두 사람
이 바를 떠나 문을 열고 나가는 뒷모습을 볼 때마다 정
말로 아쉬운 마음이 들었던 것이다. 그는 그들을 붙잡
고 조금이라도 더 곁에 두고 싶었다. 사람들, 부부들,
연인들을 40년 동안 수없이 보았지만 두 사람은 누구
와도 달랐다. 얼굴 가득 진정한 행복을 띠고 두 사람 모
두 웃음 어린 다정함을 눈빛에 담은 채 들어서는 모습
을 보면 그는 그것이 아이의 웃음소리만큼이나 즐거웠
다. 그의 가게에 신선한 공기가 스며드는 듯했고 그는
순식간에 피로를 잊어버렸다. 병들이 그의 손에서 날아
다녔고, 손님을 접대하는 데서 새로운 즐거움을 느꼈
다. 그는 마치 다른 사람이 된 것 같았다. 피에르와 베
르트는 가스통의 제안을 받아들여 함께 마시고 건배하
며 이야기를 나눈 뒤 마침내 가게를 떠났다.

예술가가 장식하기 위해 그려놓은 듯한 분홍빛, 자
줏빛, 파란빛의 작은 구름들이 천천히 하늘 위를 흘러
갔다. 소란스러운 수많은 사람들이 동물원에 축제 분위
기를 더했다. 갇힌 동물들을 보고 식욕이 돋기라도 한
것처럼 사람들은 오후 3시에 샌드위치, 과일, 감자튀김
이나 초콜릿 바를 먹었다. 심지어 동물들에게도 무엇
이든 먹였다. 바지 단추, 동전, 쓰지 않는 차 열쇠, 주머
니칼 등 정말로 아무거나. 동물들이 어떤 표정을 지을
지, 어떤 반응을 보일지 보기 위해서. 하지만 동물들이
아무런 반응도 보이지 않고 꿀꺽 삼켜버렸기 때문에 사
람들은 대부분 실망했다. 몸속에 쌓인 온갖 잡동사니로
동물들이 병이 나고 때로 죽기까지 하는 건 그날 밤이
나 하루이틀이 지난 뒤였다. 하지만 그 고통을 지켜보
는 사람은 더 이상 그곳에 없었다.

두 사람은 말없이 걸었다. 피에르는 동물원을 걸으
면서 예전에 느꼈던 즐거움을 이번에는 느끼지 못하는
게 의아했다. 감금된 동물들을 보며 새롭게 느낀 슬픔
이 그의 즐거움을 망쳐버렸다. 전에 그는 감옥에 갇힌
동물들의 처지가 얼마나 비참한지 깨닫지 못했다. 이제
는 그 처지가 견딜 수 없게 느껴졌다.

그들은 수사슴과 암사슴, 코끼리와 기린, 표범과 사

자를 보고 난 뒤 몸을 둥글게 말고 있는 거대한 뱀을 발견했다. 표지판에 **보아뱀**이라고 적혀 있었다. 베르트는 그 파충류가 천천히 몸을 풀어내는 모습을 보자 절로 몸서리가 쳐졌다. 뱀의 몸에서 뿜어져 나오는 힘은 두려울 정도였지만 시선을 뗄 수 없었다. 이제 뱀은 천천히 물결치듯 움직이며 땅 위를 기어가고 있었다. 그 뱀이 앞으로 나아가는 모습에는 불가항력적인 힘이 있었다. 아무것도 뱀을 막아서지 못할 것 같았다. 뱀은 몸으로 반원을 만들더니 곧이어 기하학적으로 완벽한 원을 그렸다. 그러고는 만족한 듯 눈을 감은 채 더 이상 움직이지 않았다.

베르트는 문득 피에르를 잊고 있었다는 사실을 깨달았다. 곁에 있는 그의 존재를. 피에르를 향해 몸을 돌렸을 때 그는 창백한 얼굴로 꼼짝도 않고 뱀을 응시하고 있었다. "피에르!" 베르트는 덮쳐온 감정을 숨기려 애쓰며 그를 불렀다. "피에르!" 그녀가 다시 불렀다. "피에르! 피에르! 왜 그래?" 그녀는 여전히 움직이지 않은 채 보아뱀을 뚫어지게 바라보는 그를 보고 당황해하며 물었다. 피에르는 약간 몸을 움찔하더니 혼잣말하듯 낮게 중얼거렸다. "끝났어…… 끔찍한 환영이었어……" 하지만 시선은 아직 뱀에게 고정되어 있었다. 베르트는 보아뱀에게서 떼어내려고 피에르의 손을 잡으며 말했다. "피에르, 돌아가자, 응?" 얼음처럼 차가워진 작은 손을 느끼는 순간 피에르는 갑자기 현실로 돌아왔다. 그는 시선을 뱀에게서 거두어 베르트에게로 옮겼고, 그의 사랑 베르트, 그토록 사랑하는 그녀가 바로 곁에 있다는 사실은 꿈만 같이 느껴졌다.

피에르도 베르트도 방금 일어난 일에 대해 말하지 않았다. 피에르는 보아뱀이 남기고 간 내면의 동요를 감추려 애쓰고 있었다. 베르트는 피에르가 지나치게 신경이 곤두선 것을 보고 말을 아꼈다. 사실 피에르는 처음부터 그 뱀에게 매혹을 느꼈다. 그리고 곧 이상한 환영이 나타났다. 그는 얇은 장막 너머로 보듯 뱀 옆에 있는 베르트를 보았다. 그녀는 뱀 곁에 무릎을 꿇고 아주 부드럽게 뱀을 쓰다듬었는데 눈빛에는 뭐라고 형용할 수 없는 표정이 서려 있었다. 입술에는 옅은 미소가 감돌았다. 가늠하기 힘들 만큼 오랜 시간이 지난 뒤 마치 무슨 말을 하려는 것처럼 환영이 갑자기 사라졌다. 그 순간 그는 무언가가 자신에게 전해졌고, 그것이 무엇인지 알아내는 것이 중요하다고 확신했다.

그날부터 이 환영에 비밀이 숨어 있다고 믿은 피에르는 매주 일요일 베르트를 동물원으로 데려갔다. 그들은 이제 수사슴도 암사슴도 사자나 기린도 보지 않았다. 피에르는 베르트의 손을 꼭 쥐고 빠른 걸음으로 길을 걸어 오직 뱀 앞에서만 멈춰 섰다. 세상과 시간에서 벗어난 듯 그는 몇 시간이고 그 뱀을 응시했다.

베르트는 묻지 않았다. 절대 묻지 않았다. 피에르가 일요일마다 자신을 동물원으로 이끄는 그 광기에 대해 아직 설명해주지 않았다면 그가 그럴 수밖에 없기 때문이라고 베르트는 믿었다. 그녀 역시 자신이 느끼는 불안에 대해 아무 말도 하지 않았다. 하지만 피에르와 뱀의 만남, 둘이 마주하는 그 순간은 마음을 어지럽히는 불안과 공포 속으로 그녀를 몰아넣었다. 보아뱀이 단단하고 매끄러운 몸을 스르르 미끄러지듯 풀어내는 것을 볼 때 갑자기 머리를 쳐들어 작고 날카로운 눈으로 그들 쪽을 응시하는 것을 볼 때, 피가 얼어붙는 듯한 공포에 그녀는 마치 물에 빠진 사람이 구명부표를 찾듯 피에르의 팔을 찾았다. 그러나 피에르는 베르트의 말 없는 호소를 듣지 못했다. 어떤 힘으로도 맞설 수 없는 사악한 계략에 사로잡힌 채, 보아뱀 옆에 있던 베르트의 모습을 거듭 떠올리며 그는 자기 의지로는 끊어낼 수 없는 악몽을 살고 있었다. 베르트는 기다려야 한다는 것을 알았다. 그러다 갑자기 긴 관조에서 깨어난 피에르는 초췌한 그녀를 향해 돌아설 터였다. 그는 그녀를 품고 마치 위험으로부터 지켜주려는 사람처럼 꼭 끌어 안을 것이다. 그녀의 얼굴을 어루만지며 이마와 눈, 입술에 입을 맞출 것이다. 그러면 그의 품에 안겨 베르트는 공포도 불안도 잊을 것이다. 잠시나마 그녀는 안심할 것이다. 행복할 것이다.

일상은 이전처럼 계속되었다. 지난 일요일이나 다가올 일요일에 대해서는 절대 이야기하지 않았다. 운명의 날이 가까워질수록 두 사람은 죽음 같은 기다림 속에 붙잡혀 있었고, 서로에게 그 무게를 감추려 했기 때문에 한 주 한 주는 더욱 감당하기 힘든 짐이 되었다. 그 배려야말로 그들이 매일 서로에게 주는 사랑의 선물이었다.

저녁이 되면 그들은 가스통의 가게에서 만났다. 그것은 그들이 암묵적으로 지키는 의식이었다. 주인은 그들의 우울한 표정을 보고 안타까운 마음이 들었다. 특히 여위고 눈 밑에 그늘이 진 그녀가 걱정스러웠다. 다른 사람들이 공개적으로 사랑을 드러내 보이던 행동들보다 그의 눈에는 훨씬 더 설득력 있게 보이는 사소한 징후들. 그는 그들의 사랑이 온전하다는 건 확신했다. 고민이 무엇인지 알면 도울 수 있을지 모른다는 생각에 가스통은 종종 그들에게 묻고 싶었지만 지나친 참견일까 두려워 차마 묻지 못했고, 그래서 예전처럼 술 한잔을 권하는 것으로 그쳤다. 하지만 이제 그들은 서둘러 떠나려는 듯 대부분 그 제안을 거절했다. 그들의 방문이 짧아졌다는 사실보다도 두 친구가 불행하다는 데서 가스통은 더 진정한 슬픔을 느꼈다.

그 일요일 아침 피에르는 눈뜨자마자 어떻게, 어떤 기적 덕분에 **보아뱀에게서 해방되었다**고 느끼게 되었는지 설명할 수 없었다. 하지만 해방감은 완벽했다. 보아뱀은 더 이상 존재하지 않았다. 이를 축하하기 위해 피에르는 군악대의 요란한 연주 소리, 나팔 소리, 열광하는 군중의 환호를 듣고 싶었을 것이다. 그는 웃으며 침대 가장자리에 걸터앉았다. 베르트는 여전히 잠들어 있었다. 그는 그녀가 깨어나기를 몹시 초조하게 기다렸다. 너무 초조해서 더 이상 참을 수 없어졌을 때, 피에르는 몸을 숙여 길게 입을 맞췄다. 베르트가 눈을 뜨자마자 그는 소리쳤다.

"알아? 베르트! 끝났어! 보아뱀 말이야! 끝났어! 끝이야…… 끝났어……." 이제 그는 방 안을 빙빙 돌며 노래하듯 외쳤다. 끝났다…… 끝났다…… 끝났다……. 그러고 나서 그녀에게 다시 다가와 시골로 점심을 먹으러 가자고 말했다. 여관에서. 그러고 싶어? 그렇다고? 좋았어! 그러고 나면 그들은 숲속을 산책할 거였다. 그는 두 손으로 그녀의 얼굴을 감싸며 동물원에 끌고 갔던 그 끔찍한 일요일들을 용서해줄 수 있는지 물었다. 하지만 자신도 명확히 알지 못하는 이유로 그는 동물원을 방문한 동기, 즉 그 환영에 대해서는 베르트에게 밝히지 않았다.

베르트는 이야기를 들으며 자신도 피에르만큼 강렬하게 기뻐해야 할 텐데 왜 그 기쁨에서 소외된 듯 느끼는지 이해하려 애썼다. 그녀는 불안으로 밤마다 잠 못 이루었고, 종종 새벽까지 깨어 있었다. 전날 밤에도 몇 시간밖에 자지 못했다. 머릿속은 텅 비어 있었다. 혼란스러웠다. 그녀가 아무 말도 하지 않는 것을 보고, 또 그제야 얼굴이 창백하고 눈 밑에 그늘이 진 걸 알아차리고 피에르는 그녀가 아픈 게 아닐까 하는 두려움에 갑자기 사로잡혔다. 집에 있고 싶은 거 아냐? 밖에 나가기보다 그냥 누워서 좀 쉬는 게 낫지 않아? 그는 그녀 곁에 머물 것이다. 그녀를 돌보고 다정히 어루만질 것이다. 점심때가 되면 장을 보러 나가 먹고 싶어 할 만한 걸 다 사 올 것이다. 그는…… 베르트가 웃으며 그의 말을 끊고 침대에서 벌떡 일어나 피에르의 품으로 뛰어들었다.

그녀는 단 한 순간이라도 피에르의 기쁨을 흐린 자신이 원망스러웠다. 피에르, 그녀의 사랑, 그녀의 숨결, 그녀의 삶인 피에르의 기쁨을. 머릿속에 맴도는 이 공허한 느낌은 사라져야 했다. 그러면 그녀에게도 모든 것이 다시 즐거워질 거였다.

작은 소리로만 느껴지는 자그마하고 보이지 않는 세계가 숲을 신비로움으로 가득 채우고 있었다. 막 불기 시작한 바람에 제 죽음이 가까워졌음을 예감한 나뭇잎들은 조용히 몸을 떨었다. 그중 여럿은 이미 팔랑거리며 날아올라 마지막 여정을 떠나고 있었다. 둔덕 위에 앉은 피에르와 베르트는 고개를 들어 눈으로 나뭇잎들의 궤적을 따라갔다. 어쩌다 나뭇잎 하나가 힘을 끌어모아 하늘로 솟구쳤지만 그 노력에 힘이 다한 듯 금세 내려앉아 길 위에서 죽어갔다.

숲의 고요함 속에서는 작은 소리 하나까지 또렷이 느껴졌다. 가벼운 바스락거림이나 나뭇잎 스치는 소리가 도시의 어떠한 날카로운 소리보다 더 귀를 자극했다. 죽을병에서 이제 완전히 회복했다는 사실을 알게 된 사람들처럼 자신감에 찬 피에르와 베르트는 경이로운 시선으로 삶을 바라보았다. 삶은 그들의 것이었고, 이제 그 무엇에도 잃지 않을 하나의 보물이었다. 그들은 함께 미래를 계획했다. 피에르는 베르트에게 더 이상 공장에 나가지 않아도 된다고, 아이를 갖자고 말했다. 세 명, 베르트가 말했다. 피에르는 좋다고, 하지만 아이들이 모두 그녀를 닮아야 한다고 말했다. 긴 다리, 깊고 큰 눈, 모랫빛 머리카락이 아름다우니까. 베르트는 웃으며 반대로 아이들이 모두 피에르를 닮게 하겠다고, 그렇지 않으면 모두 내쫓아버리겠다고 말했다. 피에르는 또 언젠가 작은 집을 마련해 아이들과 함께 그곳에서 휴가를 보내자고 말했다. 베르트는 피에르의 말을 황홀해하며 마음으로 들었다.

피에르는 어깨에 기댄 베르트의 얼굴을 사랑스럽게 어루만졌다. 이제 더 이상 아무것도 그녀와의 사랑을 방해하지 못하고, 그들의 삶이 둘의 사랑만큼이나 근사하리라는 확신에 찬 그는 행복한 충만감으로 벅찼다. 버스는 천천히 교외를 지났다. 도시를 떠나 시골에서 하루를 보내며 누렸던 즐거움에 대해, 저녁이 되어 긴 귀갓길의 지루한 정체와 기다림으로 값을 치르는 시간이었다. 특히 신경이 약한 몇몇이 한계에 봉착해 미친 사람처럼 행동했다. 그들은 갑자기 차선을 벗어나 숨넘어갈 듯 경적을 울리며 지나가는 사람들에게 욕설을 퍼붓고 의도적으로 중앙선을 넘어 왼편으로 추월했다.

버스가 정류장에 도착하자 승객들은 자리에서 일어나 서로 밀치며 출입문으로 향했다. 그들의 뒤를 따라 마지막으로 피에르와 베르트가 차에서 내렸다.

비명이 들렸다. 자동차 보닛 위로 몸 하나가 공처럼 튀어 올랐다. 베르트 앞 인도 위에 피로 물든 피에르의 훼손된 몸이 쓰러져 있었다. 그때 그녀 주위로 혼란스러운 목소리들의 웅성거림이 들려오고 흐릿한 환각처럼 사람들이 몰려들었다. 그녀의 머릿속에 단어 하나가 조종(弔鐘)처럼 울려 퍼졌다. 그리고 베르트는 더 이상 아무것도 알지 못했다.

무엇이 있었는지, 이제 무엇이 없는지 베르트는 더 이상 아무것도 알지 못했다. 고통스럽지 않았고, 생각하지 않았다. 끝없는 공허 속으로 수직 낙하할 뿐이었다. 예전처럼 그녀는 매일 공장에 나갔다. 오직 오랜 세월의 노동으로 몸에 밴 습관적인 동작들이 여전히 일할 수 있도록 해주었다. 작업장에서 동료들은 그녀를 이상하게 여겼다. 그녀는 혼잣말을 했고, 때로는 얼굴에 아무 감정의 흔적이 없는데도 눈물이 두 뺨을 따라 천천히 흘러내렸다. 저녁에 집에 돌아오면 식탁에 두 사람

✝

을 위한 식기를 놓았지만 그녀는 멀찍이 앉아 빵 한 조각, 치즈 한 조각, 혹은 햄 한 조각을 먹었다. 아침이 되면 지칠 대로 지쳐버리게 하는 악몽에 시달리다 무거워진 머리로 잠에서 깨어났다.

피에르에 대해, 그의 죽음에 대해, 그들의 사랑과 행복에 대해 베르트는 아무것도 기억하지 못했다.

그녀는 깜짝 놀라 잠에서 깨어나 침대에 앉은 채 귀를 기울였다. 그 소리는 문 뒤에서 들려왔다. 이상할 만큼 무거운 발소리가 방 쪽으로 다가왔다. 문이 천천히 열렸다. 거대하고 흉측한 짐승이 들어왔고, 그에 못지않게 혐오스러운 다른 짐승들이 그 뒤를 따랐다. 그녀는 그들이 다가와 침대를 둘러싸고 미친 듯이 춤추며 맴돌기 시작하는 것을 보았다. 공포로 얼어붙은 그녀는 온몸이 땀으로 젖은 채 꼼짝도 하지 못하고 괴물들을 바라보았다. 몇몇은 얼굴이라고 할 것도 없이 커다란 두 눈뿐이었고, 그 눈 속에는 우글우글한 작은 벌레들이 사방으로 몸을 뒤틀고 있었다. 또 어떤 괴물들은 등에 박힌 듯한 열 개쯤 되는 귀를 가지고 있었는데, 그 귀들이 규칙적인 움직임으로 천장에 닿을 만큼 늘어났다가 천천히 다시 몸속으로 사라졌다. 괴물들은 그녀 주위에 움직이는 벽처럼 둘러섰고, 그 모습은 그녀를 어지럽게 했다. 갑자기 동물들이 멈춰 섰다. 그들의 몸에서 남자, 여자, 아이의 목소리가 뒤섞인 인간의 긴 신음 소리가 흘러나왔다. 그 울음은 점점 비통해졌고, 신음은 더욱 절망적으로 바뀌었다. 그 절망적인 울음소리를 덮기 위해 베르트는 길게 비명을 지르고 이내 의식을 잃었다.

밤의 환영들은 베르트를 공포의 세계에 가두었고, 아침이면 그녀는 충격으로 넋이 나간 채 그 세계에서 빠져나왔다. 동료들은 그녀를 걱정했다. 왜 병원에 가지 않을까? 너무 말랐어! 그러나 무슨 말인지 이해할 수 없던 베르트는 침묵 속에서 작업에 필요한 자동화된 동작들을 기계적으로 수행했다.

높은 철책이 세워진 길을 따라 걷는 동안 베르트는 자신이 보는 동물들이 하나같이 얼마나 온순하고 평화로운지 감탄했다. 하지만 저들도 갑자기 괴물로 변하지 않을까? 그러자 그녀는 겁이 났고 인적 없는 동물원을 미친 사람처럼 가로질러 달리기 시작했다. 숨이 차 멈춰 서서 주위를 둘러보다 전에 와본 적이 있는 것 같은 느낌을 받았다. 오래전, 몇 달 전쯤이었을까…… 아니, 훨씬 더 오래전, 어쩌면 몇 년 전이었을지도 모른다. 그녀의 마음은 격한 감정으로 혼란스러웠다. 동물원 안

쪽으로 더 깊이 들어갈수록 혼란은 더해졌다. 답답하고 불안했다. 그녀는 코끼리, 사자, 표범 앞을 지나쳤고 수사슴과 암사슴 앞에서 멈춰 섰다. 〈까마귀와 여우〉— **"어느 날 참나무가 갈대에게 말했다"**—아주 어린 그녀가 학교 의자에 앉아 있다. "어느 날 참나무가 갈대에게 말했다. 네겐 자연을 원망해야 할 이유가 충분하겠구나."•• 어머니의 장례식. 아버지의 폭력, 그리고 그녀가 느꼈던 두려움. 엄청난 슬픔이 그녀의 마음을 뒤덮었다.

갑자기 그녀 앞에 몸을 둥글게 만 그것이 나타났다. 보아뱀. 번개 뒤에 천둥이 치듯 충격은 날카롭고 격렬했다. 벼락처럼 그녀 안에서 번뜩이는 섬광. 그녀에게 단 하나의 말, 단 하나의 이름, 단 하나의 외침이 터져 나왔다. **"피에르!"**

그러자 기억들이 떠올랐다. 형체를 이루었다가 흩어지고 점점 더 선명해지더니 영혼을 불태우고 마음을 찢는 기억들. 피에르와 함께한 모든 순간이었다. 모든 순간. 그의 목소리, 그의 미소, 그의 다정함, 그의 기쁨, 그의 사랑 가운데 어느 것도 베르트의 기억에서 사라지지

•• 장 드 라퐁텐의 우화 가운데 〈까마귀와 여우〉〈참나무와 갈대〉에서 인용했다. 따옴표 속 문장은 〈참나무와 갈대〉에서 가져왔다.

않았다. 그녀는 방 안 침대 위에 시체처럼 누워 있었다. 격렬한 흐느낌이 때로는 몇 시간씩 이어졌다. 머릿속이 혼란스러워 그녀는 낮과 밤을, 기억과 악몽을 더 이상 구분하지 못했다. 환각 속에서 기괴한 형상들이 둘씩 셋씩 짝을 지어 방 한가운데서 춤추는 것을, 혹은 사물들이 인간의 모습으로 변해 말을 걸어오는 것을 보았다. 어느 날 밤 뱀 한 마리가 앞에 나타났다. 수직으로 몸을 세운 뱀은 점점 작아지더니 또 다른 몸체의 높이에서 멈췄다. 베르트에게는 남자의 몸처럼 보였지만 그림자에 가려져 누군지 알아볼 수 없었다. 갑자기 그 몸이 그림자 속에서 모습을 드러냈고, 베르트는 피에르를 알아보았다. 그는 그녀를 바라보며 슬프게 미소 짓고 이리 오라는 듯 베르트를 향해 손짓했다. 그 순간 뱀의 몸과 피에르의 몸이 하나로 합쳐지며 보아뱀의 몸이 되었다. 뱀은 작고 날카로운 눈으로 그녀를 응시했고, 베르트는 속삭이는 소리를 들었다. "나야, 피에르. 와줘. 기다리고 있어." 그런 다음 환영은 사라졌다.

이튿날 베르트는 동물원에 갔다. 동물원이 문을 닫을 때까지 보아뱀 앞에서 계속 피에르를 생각했다.

그 뒤로 그녀는 매일 동물원을 찾았다. 챙겨 온 작은 접이식 의자에 앉아 뱀을 사랑스러운 눈길로 바라보며 피에르와 끝없는 대화를 나눴다.

그러던 가운데 베르트는 바로 곁에서 자신에게 말을 건네는 한 남자를 보았다. 그녀는 그가 감옥의 관리인임을 알아보았다. 무슨 말을 하는지 알아듣지 못했었지만 베르트는 그가 자신에게 악의를 품고 있다는 느낌을 받았다. 그는 말하며 입을 비틀었고 눈이 분노로 붉게 충혈되었으며 사방으로 손짓을 했다. 그러나 가장 끔찍한 순간은 때리려는 듯 팔을 들어 올려 그녀가 두 손으로 얼굴을 가렸을 때였다. 고개를 다시 들었을 때 남자는 사라지고 없었다.

그래서 이제 그녀는 그가 멀리서 다가오는 것이 보이면 즉시 접이식 의자에서 일어나 도망쳐 숨었다. 하지만 때로는 피에르와 대화에 너무 몰두해 그가 오는지 살피는 것을 깜박하기도 했다. 그러면 마치 사냥감을 노리는 늑대처럼 소리 없이 다가오는 그가 몇 미터 앞에 이르렀을 때야 비로소 알아차리곤 했다. 관리인 때문에 두려운 것을 제외하면 피에르와 함께 보내는 나날은 황홀했다.

갑자기 어떤 손이 어깨에 내려앉는 것이 느껴졌다. 그가 거기에 있었다. 그녀는 그가 다가오는 소리를 듣지 못했다. 그는 평소보다 더 크고 거대한 모습으로 그녀 곁에 서 있었다. 조용히 말하기 시작했지만 점점 더 목소리를 높였다. 추위, 미친 여자, 병, 맛이 간 여자 같은 단어들이 자주 그의 입에서 튀어나왔다. 그는 턱과 손으로 베르트에게 한 방향을 가리켰다. 겁에 질린 베르트는 이제 자신의 어깨를 흔들고 있는 벌겋게 상기된 남자를 바라보았다. 피에르와 떼어놓으려 한다는 것을, 또다시 둘을 갈라놓으려 한다는 것을 불현듯 깨달은 그녀는 도움을 청하듯 보아뱀을 향해 피에르의 이름을 불렀다. 관리인은 어깨를 으쓱하더니 뒤돌아서 가버렸다.

거울에 비친 자기 모습을 보고 싶은 갑작스러운 충동에 그녀는 가방에서 작은 거울을 꺼내 들여다보았다. 그녀가 그 속에서 본 것은 미소를 띠고 바라보는 낯선 여인의 얼굴이었는데, 그 얼굴이 마음을 깊이 뒤흔들었다. 응시하는 숲처럼 어둡고 기묘하게 깊은 시선을 통해 베르트는 그 여자가 자신에게 말을 건네고 싶어 한다는, 그리고 둘 사이에 할 이야기가 있다는 느낌을 받았다. 갑자기 호루라기 소리가 한 번 울리더니 여러 차례 이어지며 동물원의 폐관을 알렸다. 베르트는 서둘러 일어나 길을 따라 잔디밭을 가로질러 달려가 큰 나무 뒤에 몸을 숨겼다. 마치 숨바꼭질을 하며 들킬까 두려워하듯 관리인이 지나가기를 기다리는 동안 그녀의 심장이 빠르게 뛰었다.

그가 도착하자 그녀는 숨을 죽였다. 갑자기 멈춰 서서 빈 접이의자를 바라보고 의심스러운 표정으로 주위를 두리번거리는 그의 모습이 너무 우스워 웃음을 터뜨릴 뻔했다. 어찌할 바를 모르는 듯 그는 한동안 접이식 의자 옆에 서서 의심스러운 눈초리로 사방을 살피며 턱을 긁적였다. 그러고는 아쉬운 듯 다시 걸어갔다. 이번에는 베르트가 웃음을 터뜨렸다.

머릿속에 생각이 하나 떠올랐고 말로 표현할 수 없는 커다란 행복이 차오르며 그 남자에 대한 두려움마저 사라졌다. 그것은 그녀의 존재 전체를 감싸는 절대적인 평온, 무한한 행복의 약속이었다. 그것은, 그렇다, 정말로 행복이었다. 베르트는 숨어 있던 곳에서 나와 길을 건너 그녀가 잘 아는 작은 문까지 걸어가 그 문을 밀고 안으로 들어갔다.

아침에 관리인은 충격으로 거의 죽을 뻔했다. 그가 본 것은 여자의 몸이 보아뱀의 몸과 엉켜 있는 모습이었다.

침대

그들의 존재가 나를 성가시게 한다. 떠날 수 있다면 그렇게 할 것이다. 기어서라도 그렇게 할 것이다. 하지만 나는 여기 남아 있어야만 한다. 의자 위에 앉은 채 움직이지 않고 쓸모없는 상태로. 도대체 이 남자들은 왜 내 침대 주변에서 저렇게 부산을 떠는 걸까? 왜 발광하듯 날뛰는 걸까? 나를 편히 내버려두지 못하고 생의 마지막 날까지 나를 괴롭혀야만 하는 걸까? 밖에서 보면 내 침대가 얼마나 작은지 놀라울 지경이다. 사실 내가 침대에 있을 때는 몸통과 허벅지만 간신히 누이고 다리는 무릎까지 밖으로 삐져나와 있었다. 나는 말했다. "평생을 이런 자세로 보낼 수는 없어요." 그들은 대답했다. "아니에요, 곧 알게 되겠지만 당신도 다른 사람들처럼 하게 될 거예요. 그리고 결국엔 그조차도 전혀 의식하지 못하게 될 겁니다." 나는 그들의 낙관주의가 부러웠다. 하지만 내 삶은 악몽이었다. 적어도 내 삶의 대부분은. 상상력 덕분에 얼마간 행복을 느꼈던 몇 달을 제외하면 말이다. 내 손가락과 발가락이 정확히 몇 개인지 알고 싶어 나는 두 손의 손가락들을 하나하나 세기 시작했고, 그다음엔 발가락들도 전부 세어서 마지막엔 그것들을 다 더해보았다. 그런데 항상 합계가 달라 매번 다시 세야만 했다. 그러다 어느 날 하루에 세 번이나 같은 수가 나왔다. 그렇게 내 기분을 전환시키고 다른 한편으로는 아무 생각도 하지 않게 만들어주었던 시간이 끝나버렸다. 나는 다시금 내 삶의 불행 속으로 빠져들었다. 내가 머무는 방에는 벽에 눈(目)만 한 크기의 수많은 구멍이 나 있었다. 처음엔 방에 창문이 없어서 그 구멍이 통풍구 같은 장치라고 생각했다. 그러나 나중에는 그 구멍들이 두 개씩 짝을 이룬다는 것을, 그것들 간의 간격이 두 눈 사이의 거리와 같다는 것을 알아차렸다. 그날 나는 내 침실 벽 뒤에서 그 남자들이 나를 엿보고 있다는 것을 깨달았다.

그들은 내 침대에서 밑판과 매트리스를 빼내고 그

자리에 하얀 나무판을 놓는다. 나는 그들이 왜 그런 짓을 하는지 궁금하다. 왜 오늘 나를 침대에서 나오게 했는지도 알고 싶다. 내게 무슨 일이 일어나리라는 예감이라도 든 걸까? 더 이상 사람을 침대에 그냥 놔둘 수 없게 만드는 일이. 그래서 그 일이 일어나기를 기다리기보다 미리 행동하기로 한 걸까? 나는 이 세 사람이 썩 마음에 들지 않는다. 이유를 딱 짚을 순 없지만 왠지 믿음이 가지 않는다. 그리고 그 갑작스러운 웃음, 아무 말도 하지 않았으면서 마치 방금 아주 우스운 말을 주고받은 사람들처럼 숨이 막히도록 웃는 그 웃음이 나를 불안하게 한다. 그들은 내 침대의 치수를 측정하고 각각 높이 50센티미터 정도 되는 나무판자 네 개에 옮긴 다음 톱질을 시작한다. 비이성적으로 기뻐하고 거의 광적으로 열광하며 톱질하는 모습을 보고 있자면 저 사람들이 오직 이 일 때문에 살아가는 게 아닐까, 이 일이 없으면 **존재할** 이유조차 없는 게 아닐까 하는 생각마저 든다. 나는 내 삶이 그들에게 존재할 기회를 주는 것 외에는 아무 의미가 없을까 두렵다. 그들의 행동은 열기를 띤다. 그들이 내가 곧 가게 될 그곳에 있는 나를 보고 싶어 조급해하는 것이 느껴진다. 내가 그 장소에 대해 애써 모호한 표현으로만 말하는 까닭은 어떤 단어들은 아주 낮은 목소리로 내뱉기만 해도 바람직하지 않은 파문을 불러올 수 있기 때문이다. 그런 단어들은 사람을 공포에 질려 미쳐버리게 할 수도 있다.

그러니 다른 주제로 넘어가는 편이 좋겠다. 내가 하는 작업에 대해 이야기하는 건 즐거운 일탈일 수 있다. 자수 말이다. "수를 놓으세요." 그들은 말했다. "수를 놓으세요." 그들은 끊임없이 되풀이했다. "그게 정신을 다른 데 쏟게 할 거예요." 알았어요! 하지만 어둠 속에서 수를 놓는 것은 끔찍하다. 실이 엉키기도 하고 그것을 풀기 위해 애쓰다 보면 실을 놓치고, 그다음에는 어디서부터 바느질해야 하는지 알 수 없게 된다. 제대로 된 자리에서 작업을 다시 시작했는지 불안에 사로잡힌다. 알려줄 사람이 아무도 없으니 몇 달, 몇 년, 심지어 평생을 어둠 속에서 더듬으며 보낼지도 모른다. 내가 그랬다. 지쳐서 포기할 때면 그들은 소리쳤다. "한심한 놈! 찾지도 않으면서 찾을 수 있다고 생각하나?" 그들의 뻔뻔한 태도는 경악스러웠다.

그들은 널빤지를 다 자르고 이제 내 침대 프레임 주위에 그것들을 놓고는 서로 맞대어 못질하고 있다. 내 침대가 상자처럼 변해가는 모습이 묘한 불안감을 안겨준다. 하지만 내가 불안해할 이유는 없다. 몸을 반으로 접고 다리를 머리 위로 올려야 겨우 들어갈 만큼 좁은 상자 안에 나를 집어넣으려는 건 설마 아니겠지! 그게 아니라면 언젠가 명확히 보게 될 거라는 말도 안 되는 구실을 대며 나를 어둠 속에 가둬 놓은 짓이 이미 증명하듯 저자들은 제정신이 아닌 데다 본성이 사악한 사람들일 것이다. 그런 생각은 하지 말자…… 절대로 안 돼, 왜냐하면 그랬다간……. 나는 너무 많이 생각하는 버릇이 생겨버렸고, 그 결과가 이렇다. 이름 붙일 수 없는 공포, 터무니없는 생각, 가슴을 눈물로 가득 채우는 괴로움. 식은땀이 얼굴을 타고 흐르고 열이 나는 것처럼 이가 덜덜 떨린다. 나는 남자들에게 말하고 싶다. "가주세요. 제발요. 나는 이 의자에 앉아 있는 것으로 충분합니다. 내가 바라는 것은 나를 여기에 그냥 내버려두는 것뿐이에요." 하지만 나는 아무 말도 할 수 없고, 그들은 몸을 휘젓고 얼굴을 일그러뜨리며 내 침대 상자 주위를 맴도는데, 똑바로 응시하는 그들의 눈빛엔 내 마음을 무너뜨리는 득의양양함과 잔혹함이 뒤섞인 표정이 서려 있다. 그들은 내 침대에서 다리를 세 개째 잘라내고 이제 네 번째에 달려들고 있다. 그마저 제거하면 상자는 바닥에 놓일 것이다.

소름이 끼치고 몸이 계속 떨린다. 갑자기 머리가 엄

청나게 무거워지며 가슴으로 고꾸라진다. 몰린 짐승처럼 그들의 납작하고 거친 손이 나를 조금씩 더 깊이 밀어 넣는 구멍에서 빠져나오려고 몸부림친다. 고독을 따라다니며 괴롭히고 내 삶에 황혼의 베일을 드리운 세 남자의 그림자는 이 세상이 끝날 때까지 나를 쫓아올 셈인가? 눈이 멀어도 그들의 창백한 입술과 위협적인 시선은 보이고, 귀가 먹어도 공간을 가로지르며 끝없이 울려 퍼지는 그들의 금속성 웃음소리가 들린다. 주변에선 더 이상 아무것도 만져지지 않고, 심지어 내 몸마저 나를 버린 것 같다. 거대한 미로 같은 내 뇌가 앞에 펼쳐지고, 그 안에서 미쳐 날뛰는 혼란스러운 생각 하나가 나를 피해 사방으로 내달린다. 놓칠지도 모른다는 두려움에 나는 제정신을 잃고, 그것을 쫓아 어둠 속으로 몸을 던진다. 반드시 붙잡아야 한다. 그것은 내 것이다. 내게로 되돌아와야 한다. 하지만 생각은 나를 아랑곳하지 않고 밤 속으로 달아난다. 그것을 따라 나는 끝없이 깊은 절벽 아래로 굴러떨어지고 끈적한 사막에 빠져든다. 그곳은 기묘한 울음소리를 내며 창백한 밤을 가로지르는 형체 없는 존재들로 가득 차 있다. 그 생각은 나를 조롱하려는 듯 멈춰 서서 기다리는 것처럼 보인다. 그러면 나는 그것에 닿으리라는 희

망에 차서 극심한 고통을 감내하며 그것과 나 사이에
놓인 장애물을 넘어선다. 하지만 그 순간 그것은 어지
러운 속도로 멀어져 내게 보이지 않는 어둠 속의 한
지점으로 사라진다. 나는 수 세기 동안 그것을 찾아
어둠 속을 헤맨다. 희망은 절망으로 바뀌고 이성은 미
쳐간다.

　세 남자가 불쑥 내 앞에 나타난다. 꿰뚫을 수 없는
눈으로 나를 유심히 보더니 중얼거린다. "그것을 찾고
있어. 이제 이자는 우리 차지야." 그러고 나서 그들은
사라지고 나는 여전히 어둠 속을 달린다. "어디 있어?"
그것이 더 이상 보이지 않게 된 데 놀라 나는 소리쳤
다. 남자들에게 정신을 판 탓에 그 생각이 어느 쪽으로
사라졌는지도 모르게 되어버렸기 때문이다. "나 여기
있어." 멀리서 작은 목소리가 대답한다. "와줘, 널 기
다리고 있어." 그 말과 함께 조롱 섞인 웃음소리가 뒤
따른다. 나는 맹목적이 되어 밤 속으로 뛰어들고, 공포
에 사로잡힌 채 얼어붙을 듯 차가운 어둠을 가로지르
며 끝없이 굴러간다. 이따금 세 남자가 내 앞에 모습을
드러낼 때가 있다. 밤을 계속 질주하는 동안 그들의 날
카로운 시선이 나를 쫓아온다. 그들은 수천 개의 상자
아래 숨어 있다. 내가 지나가자 그중 하나가 불길에 휩

싸인다. 내 생각에 그건 내 것 같다.

택시

머리가 무겁다. 안개로 가득 차 있다. 잠이 들었나 보다. 택시를 탄 기억이 없다. 언제? 어디에서? 어디로 가는 중이지? 도무지 기억나지 않는다. 운전사에게 물어볼 수도 있겠지. 남자의 민머리 둘레에는 리본처럼 금속으로 된 넓은 고리. 고리가 너무 꽉 조여 살이 사방으로 밀려 나왔다. 왜 이런 철제 고리를 둘렀을까? 무섭다. 오랫동안 외출하지 않은 듯하다. 완전히 낯선 풍경들. 집의 형태, 온통 철로 만들어진 거대한 직사각형 덩어리들. 지붕은 없다. 피라미드 모양도 있다. 아찔한 높이. 자동차, 사방으로 질주하는 괴물 같은 짐승들. 밖에는 거의 아무도 없다. 내려진 앞쪽 유리창으로 바람이 뒷좌석까지 불어와 나를 얼어붙게 만든다. 집들 높이에서 이상한 기계들이 도시 위를 날아다닌다. 남자의 목덜미, 앙상하고 메말랐다. 백미러 속에서 얼굴을 찾는다. 마주친 것은 남자의 시선뿐. 차갑고 얼음 같고 비인간적인 눈빛, 나를 뚫어 보는. 그에게 보이지 않으려고 몸을 움츠린다. 두렵지만 아무 말도 하지 않는다. 확실히 그편이 더 낫다. 이상하다. 머릿속이 텅 빈 느낌. 마치 수술에서 깨어난 뒤처럼. 수술을 많이 받았던 것 같다. 불안. 눈으로 흘러내리는 땀. 온몸이 떨린다. 그의 민머리를 감싼 철제 고리, 사방으로 불룩 튀어나온 살덩이. 앙상하고 메마른 목덜미. 대로변의 사람들. 그중 몇몇을 일별하는 잠깐의 시간, 그들의 다리, 팔, 몸통은 모두 금속이다. 오직 머리만 인간. 백미러 안에서 나를 응시하는 눈. 아무 말도 하지 말자. 분명히 심각한 결과를 초래할 것이다. 그런 예감이 든다.

예전에는 나무와 꽃. 지금은 쇠와 돌. 새만 없는 게 아니다. 아이들의 고함 소리도 들리지 않는다. 침묵의 세상. 극심한 공포. 완전히 혼자다. 내 친구들은 어디에 있지? 예전에 분명 친구들이 있었을 텐데. 모든 사람이 우리를 지나가게 한다. 철로 된 교통 요원도 마찬가지다. 불길한 생각이 들 지경. 아무것도 믿지 않는 게 아주 중요하다. 도로변에 줄지어 정차한 자동차들. 갑작스럽게 휙 꺾이는 핸들. 가속 페달. 그대로 들이받고 부딪친다. 아무 일도 없던 것처럼 길을 계속 간다. 백미러 속 나를 살피는 얼음처럼 차갑고 날카로운 눈. 버텨야 해. 생사가 달렸다. 미소 지으려 하지만 얼굴이 일그러질 뿐. 두려움. 비극적인 거리. 쇠로 만든 듯한 분위기. 기력 없음. 텅 빈 머리. 버텨야 해. 앙상하고 메마른 목덜미. 철제 고리. 민머리. 이 남자에게 말을 걸어야 한다. 그래야만 한다. 그래야만 한다는 확신. 그래서,

"어디로 가나요, 선생님?"

"어디로든요. 우린 드라이브 중입니다."

백미러 속 시선이 나를 살핀다. 반응하지 말 것. 태연한 척하기. 그의 목소리.

"좋으세요? 마음에 드시나요?"

"뭐가요?"

"보시는 모든 것이요, 사람, 도시, 집."

덫이 있는 질문 같다는 느낌. 제대로 대답해야 한다.

"네, 매우 좋습니다. 정말 기분 좋아요."

나를 응시하는 눈.

"솔직히 그래도 조금은 놀랍지 않나요?"

세게 뛰기 시작하는 심장. 공황. 이 질문을 이미 여러

차례 들어보았다는 확신, 똑같은(혹은 거의 비슷한) 질
문들. 똑같은(혹은 거의 비슷한) 상황에서, 하지만 분
명 오래전 일이다. 늘 내게 끝은 파멸, 잠, 현기증, 깨어
남, 메스꺼움, 절망.

적절한 대답을 해야 한다. 어떻게 해야 할까? 아무렇
게나.

"저는 절대 놀라지 않습니다, 선생님, 앞으로도 그럴
거고요."

나를 탐색하는 눈.

"훨씬 나아 보이는군요."

"제가 아팠나요?"

"꼭 그런 건 아니지만 어떤 면에서는 그렇다고 할 수
있죠."

심한 떨림. 공포. 뛰어내리려고 문손잡이를 돌린다.
잠겼다. 그러니까 갇혀 있다. 버텨야 한다. 생사가 달렸
다. 크고 윤나는 털을 지닌 잘생긴 검은 개 한 마리가
길을 건넌다. 가속 페달. 개를 향해 곧장 돌진한다. 충
돌. 비명. 신음. 탄식. 뒤를 돌아본다. 피 웅덩이 속에 누
워 있는 개. 죽은 것처럼. 움직이지 않는. 공포스럽다.
남자의 큰 웃음소리. 소리는 지르지 않지만,

"왜 그러셨습니까, 선생님?"

"아무 의미도 없으니까요."

백미러 속 눈이 나를 주시한다. 두려움에 얼어붙는다. 무엇보다 아무 말도 하지 말 것. 민머리, 철제-고리-앙상하고-메마른-목덜미. 갑작스러운 기억. 거대한 방, 하얗고 텅 빈 벽. 어디지? 언제지? 얼마나 오래? 심장과 영혼이 멈춰 있는, 말로 표현할 수 없는 고통의 장소. 메아리처럼 들리는 목소리. "내일 아침 7시 수술. 내일 아침 9시 수술. 오늘 저녁 7시 수술. 오늘 자정 수술…… 수술…… 수술……." 사방에서 들려오는 신음, 탄식 같은 한숨. 어디? 언제? 백미러 속 나를 겨냥하는 눈. 들키지 말아야 해. 차 안을 살핀다. 숨는다. 놀란다. 장애물은 없는데 갑작스러운 핸들 조작. 인도에 세 사람이 서서 기다리고 있다. 금속이 아니다. 야위고 야윈 얼굴. 커다란 눈. 우리는 인도로 올라간다. 세 사람은 깜짝 놀라 뒤로 물러선다. 가속 페달. 짧은 추격전. 셋을 모두 치어버린다. 비명이 새어 나온다. 모든 것이 빙빙 돈다.

눈꺼풀이 무겁다. 눈을 뜰 수 없다. 누워 있다. 아마도 침대일 듯. 에테르 냄새. 떠나고 싶다. 도망치고 싶다. 움직여지지 않는다. 내 곁, 아주 가까이, 두 목소리.

"언제 그 일이 일어났죠?"

“재활 산책 중이었습니다. 비명을 지르더니 기절했
어요.”

“언제요?”

“인도 위에서요.”

“인도 위에서! 벌써! 그렇다면 회복이 안 되겠군요.
치료가 불가능합니다. 기록해두세요. 침대 번호 4327,
오늘 밤 주사 한 대.”

Barbara M.

스펀지

너무 늦기 전에 진실을 알리고 싶다. 사람들이 뭐라 생각하든 나는 내가 태어난 이래 그들이 나에게 뒤집어 씌운 그 범죄들에 대해 결코 죄가 없다는 것을. 왜 그들이 모두 나를 적으로 돌려세우기로 결심하고, 그 뒤 단 한 번도 마음을 바꾸지 않았는지는 모르겠다. 내가 살아오며 그들의 중상과 적의, 교활한 눈빛과 비웃음을 견디지 않아도 되었더라면 그건 어쩌면 별일이 아닐 수도 있었을 것이다. 심지어는 가장 가까운 사람들마저 그런 태도를 보였다. 이를테면 아내마저 말이다. 내가 거울 앞에서 우스꽝스러운 표정을 지으며 놀고 있을 때 욕실 커튼 뒤에 숨어 지켜보는 아내를, 개의 꼬리를 잡아당기며 노는 동안 문 틈새로 엿보는 아내를 얼마나 자주 목격했는지 모른다. 원한다면 내 삶이 얼마나 지옥 같은지 증명할 사례들을 수없이 나열할 수 있다.

최근에는 사람들뿐 아니라 사물들까지 나를 적대적으로 대한다. 개털을 막 뽑고 난 뒤 살갗을 긁어내려는데 칼이 갑자기 내 엄지손가락 살을 2밀리미터 깊이로 베어버렸다. 벌거벗고 정원을 산책할 때는 가시 하나가 장난치듯 내 몸에 와서 박혔고, 덧문이 내 손가락을 물었다. 이제 나는 사물들이 두려워 더 이상 움직일 엄두를 내지 못한 채 방 한가운데 안락의자에 앉아 종일 꼼짝도 하지 않고 지내는 지경이 되었다. 아내는 나를 찾아오면(내가 있을 때 이 방에 들어오지 말라고 경고했는데도) 심문하듯 바라본다. 하지만 나는 아무것도 못 본 척하다가 갑자기 벌떡 일어나 그녀 바로 앞에 서서 조롱하는 몸짓을 한다. 그 순간 아내가 짓는 겁먹은 표정은 정말이지 우스워 죽겠다. 다정한 척 속삭이는 목소리도. "피에르, 자기야, 내가 당신에게 아무런 해도 끼칠 생각이 없는 거 알잖아." "자기야"라니. 날마다 내게 가하는 이런 모욕은 점점 견딜 수 없을 정도다.

먼저 사흘째 나를 기다리고 있는 저 스펀지부터 이야기해보자. (나는 그걸 다른 데 옮기지 말라고 단단히

일러두었다.) 그것과 나 사이에는 결판 지어야 할 일이
있다.

살금살금 나는 부엌으로 들어갔다. 예상대로 스펀
지는 그 자리에 있었다. 커다랗고(스펀지 치고 너무 크
다) 둥글다, 아주 둥글다. 너무 둥글어 나는 한눈에 이
스펀지가 지구 그 자체라는 것을 알아차릴 수밖에 없었
다. 나는 즉시 이 슬픈 행성을 없애버리기로 결심한다.
하지만 조심스럽게, 녀석이 아무것도 눈치채지 못하게
해야 한다. 소리 없이 의자로 다가가 자리에 앉은 뒤 두
팔을 탁자 위에 수평으로 놓아 벽처럼 만든다. 그리고
아주 천천히 팔을 움직여 그 녀석 쪽으로 기어간다. 피
부 아래 근육이 뭉쳐온다. 하지만 나는 견디면서 밀리
미터 단위로 조금씩 그 오만한 공을 향해 나아간다.

날이 저물어간다. 스스로에게 강요한 느린 동작이
신경을 곤두서게 하고, 나는 지쳐간다. 땀에 흠뻑 젖
고 숨을 몰아쉬면서도 나는 그것을 향해 계속 팔을 뻗
는다. 이윽고 내 팔이 그것을 스친다. 메스꺼움과 강렬
한 구토감이 덮친다. 나는 궁극적인 지점까지 몰고 가
기 위해 천천히 천천히 지구를 밀기 시작한다. 막다른
곳에 이르면 심연으로 굴러떨어질 수밖에 없을 것이다.
그걸 소멸시킬 수 있다는 생각이 나를 어지럽게 하고,

말로 다 할 수 없는 행복이 밀려든다. 나는 기쁨이 새어 나오지 않도록 이를 악문다.

부엌이 넓어졌다. 더 이상 벽이 보이지 않는다. 내 주위의 공간은 광대하고 무한하며 그 중심에는 탁자 위에 놓인 지구가 있다. 이제 지구는 피로로 부서질 듯한 내 팔에 이상할 만큼 잘 저항하고 팔은 납작해지다 머지않아 원래 두께의 절반만 남게 된다. 한밤중쯤에는 내 팔이 깡마르고 쓸모없는 막대기처럼 변한다. 분노의 눈물이 차오른다. 울음으로 목이 메인다. 아내는 마치 조각상처럼 내 옆에서 움직이지 못하고 서 있다. 얼굴은 얼음장처럼 굳었다. 나는 아내에게 달려들어 턱에 주먹을 날린다. 아무 말 없이, 그러나 요란한 소리를 내며 그녀는 타일 바닥에 쓰러진다. 나는 다시 자리에 앉아 지구가 갑자기 회전하기 시작하는 것을 본다. 처음에는 천천히, 그러다 아찔할 만큼 빠르게. 사방에서 불꽃이 솟아오른다. 그것이 타오르는 광경을 보고 기쁨에 취해 나는 손으로 움켜쥐어 부수려고 한다. 하지만 그것은 내 손을 벗어나 공중에서 빙글빙글 돌며 나를 끌어당긴다. 내 심장이 터진다. 나는 바닥에 무너져 내린다.

눈을 뜬다. 무슨 일이 있었던 걸까? 왜 나는 이 어두운 감방의 간이 침상 위에 누워 있을까? 열쇠가 자물쇠에 꽂힌다. 삐걱거리며 문이 열린다. 남자가 말한다. "오세요. 오늘이 당신의 재판 날입니다." 나는 그를 따라 수많은 복도를 지나 사람들로 가득 찬 방에 들어간다. 누군가가 말한다. 내가 아내를 죽였다고. 한 남자는 증언대에서 이미 어린 시절부터 내가 사악했다고 증언한다. 뚱뚱한 여자는(내 유모였다고 한다) 내가 아기 때부터 비뚤어진 본능을 지녀 젖을 빨다가 가슴을 물었다고 증언한다. 다른 사람들이 차례로 나타나 음울하고 슬픈 표정으로 마지못해서라는 듯 나를 비난한다. 하지만 가차 없이. 나의 아버지와 어머니도 거기에 있다. (적어도 사람들은 그들이 내 부모라고 한다. 하지만 거의, 아니 말하자면 사실 전혀 본 적이 없기 때문에) 나는 그들을 알아볼 수가 없다. 그들은 내가 어린 시절부터 나쁜 성향을 보여 일찍이 교정 시설에 보내야만 했고, 그 뒤에는 소년원에 맡겼다고 설명한다. 군중은 그들에게 연민을 느끼며 고개를 끄덕이고 내게는 증오 어린 시선을 던진다.

나는 부엌에 있을 때 지구를 뒤엎는 데 성공하지 못한 게 못내 아쉽다. 여기서는 아마도 불가능할 것 같다.

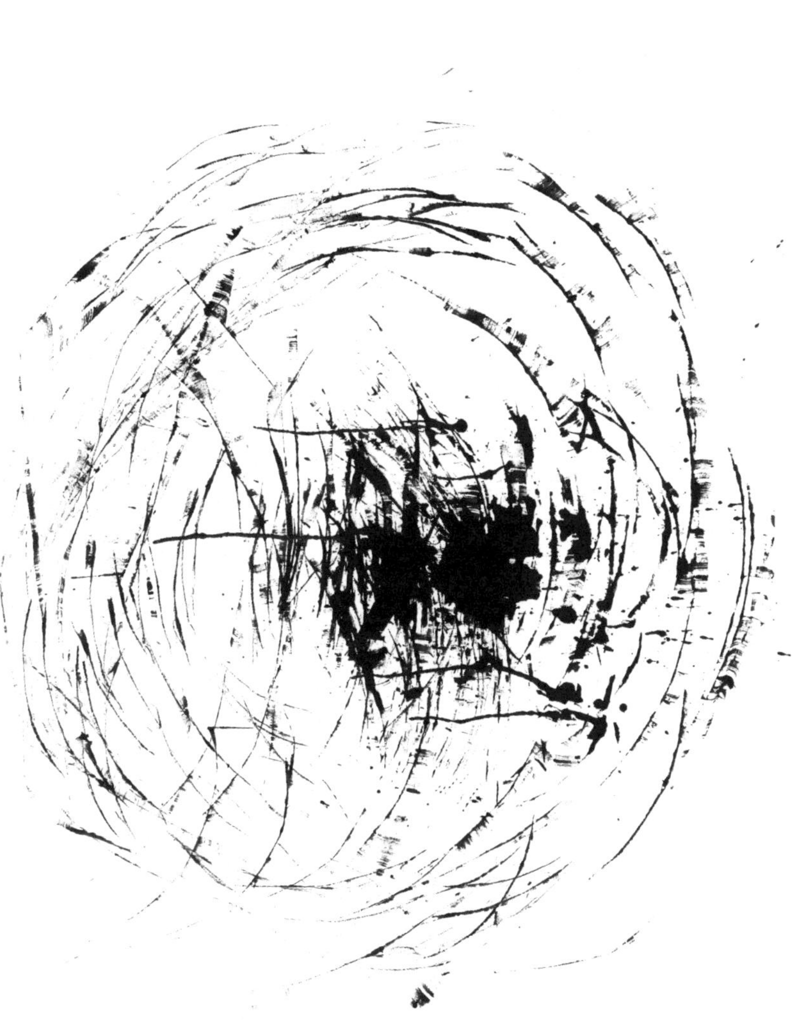

행복

클라리스 드 카라데크(결혼 전 성은 드장주)는 탁자
로 달려갔다. 집문서는 확실히 거기 여러 서류와 엄청
난 양의 봉투 더미 가운데, 그녀가 전날 밤에 놓아둔 바
로 그 자리에 있었다. 얼마나 무서웠는지 몰라! 기쁨에
겨워 그녀는 소중한 문서에 입을 맞추고 다시 탁자 위
에 올려두었다. 길쭉하고 춤추는 듯한 글씨로 똑같은
제 이름이 적힌 봉투들을 무심코 바라보다가 그녀는 사
방에 흩어진 봉투들이 아직 하나도 뜯기지 않았다는 걸
깨닫고 피식 웃었다. 그런데 많은 봉투에는 우표가 붙
어 있지 않았다. 친구 가운데 한 명이 우표를 모아서 자
신이 잠든 사이에 떼어 갔나 보다 생각하자 그녀는 웃

음이 터져 나오는 걸 참을 수 없었다.

처음으로 자기 집에서 눈을 뜨면서, 그녀는 벌써 그 곳이 제집처럼 느껴지는 게 기뻤다. **"내 집!"** 그녀는 환한 목소리로 외치며 방을 둘러봤다. 아마도 어제 이후로 백 번은 넘게 그랬을 것이다. "정말 아름답기도 하지." 방 전체를 바라보려고 벽에 기대며 중얼거렸다. "정말 아름다워, 약간 휑하기는 하지만. 조각상을 몇 개 사야겠어, 아주 많이." 그녀는 최근 공원이나…… 숲에서 본 아주 멋진 조각상을 떠올렸다. "삶은 정말 멋져!" 만약 집에 며칠간 머물라고 초대한 친구들을 최대한 성가시게 하지 말자고 다짐하지만 않았더라면 그녀는 기꺼이 인사라도 건넸을 것이다. '인생은 놀랍고, 예기치 못할 일투성이야 경이롭고 다채로워!' 그녀는 그렇게 생각했다. 불과 몇 주 전만 해도 오늘 이렇게 **자기 집**에 있게 되리라고 누가 생각했을까. 게다가 이제 이 파도 소리가 곁에서 떠나지 않으니, 얼마나 황홀한 일인지! 그녀는 창가로 달려가 창문을 활짝 열고 바닷바람을 음미하듯 깊이 들이마셨다. 눈앞에 끝없이 펼쳐지며 어디에도 가로막힌 것 없는 바다가 그녀의 마음을 사로잡았다. 날씨가 좋아지면 바다에 몸을 담그고 일광욕도 해야지, 그녀는 다짐했다. 몸은 그걸 절실

히 필요했다! 그때까지는 매일 아침 운동을 하기로 했
다. 서른이 넘었는데 여전히 어린아이처럼 뛰고 다람
쥐가 나무에 오르듯 밧줄을 타고 올라갈 수 있다는 사
실이 자랑스러웠다. 그녀의 입에서 비명이 새어 나왔
다. 옷을 입은 채 사람들이 물속으로 들어가고 있었다.
멀리 허공을 응시하며 그녀는 거리와 자동차, 넋 나간
표정으로 제각각 걷는 사람들을 보았다. 그녀는 쓰러
지지 않으려고 창틀을 붙잡았다. 사람들은 천천히 바
다 쪽으로 향하더니 갑자기 사라졌다. 그녀는 힘없이
바닥에 쓰러졌다.

정신이 들었을 때는 해가 기운 듯했다. '날이 저물고
있구나.' 그녀는 슬퍼하며 생각했다. '촛불을 켜면 금세
더 밝아질 거야.' 이 생각에 위안을 얻은 그녀는 일어나
천천히 방을 가로질러 침대에 누웠다. 전화가 설치되어
있었더라면 친구 중 누구에게라도 당장 전화를 걸었을
것이다. 그저 누군가의 목소리를 듣고 싶어서. '다행히
새들이 있잖아…… 바다와 새가 있으니 나는 절대 혼
자가 아니지…….' 그녀는 나른하게 기지개를 켜며 입
가에 미소를 지었다. 점심 식사를 위해 캐비어, 빵, 샴
페인을 장 봐야 한다는 게 떠올라 벌떡 일어났다. 장갑
과 외투, 모자까지 착용하고 거울 앞에 섰을 때 그녀는

거울에 비친 여자가 자신이라는 사실에 놀랐다. 클라리스 드 카라데크. 만약 옷 색깔이 아니었다면 알아보지 못했을 것이다. 그녀는 더 이상 다른 색 옷을 사지 않길 잘했다고 생각했다. 얼마 전부터, 아니 어쩌면 훨씬 더 오래전부터, 정확히 언제부터인지 잘 기억나지 않지만 그녀는 검은색, 보라색, 아니면 흰색 옷만 입었다. 특별히 이런 색깔들을 좋아하는 것은 아니었는데 어느 날부터인가 그렇게 고르게 되었고, 이유도 모르고 애써봐야 도무지 기억나지 않았지만 떠올리려 할 때마다 그녀는 한없이 슬퍼졌다.

거리에는 사람들이 거의 없었다. 몇 안 되는 이들이 비를 맞으며 서둘러 걷고 있었다. 클라리스의 눈에 그들의 얼굴은 경직되어 있고 불행해 보였다. 거리에 있을 때 그녀를 항상 괴롭히는 건 바로 이런 것이었다. 살아 있는 것이 행복한 그녀와 달리 절망과 슬픔이 밴 그들의 얼굴. 불빛과 케이크가 가득한 제과점을 보고 생각에서 빠져나온 그녀는 진열창 앞에 잠깐 서서 들여다보다가 가게 안으로 들어갔다. 선 채로 허겁지겁 에클레어 세 개와 바바● 하나, 타르트 두 개를 먹은 뒤 계산

● 럼주(혹은 다른 술)에 적신 발효 반죽으로 만든 작은 크기의 케이크.

을 하고 밖으로 나왔다.

편대를 이루어 도시 위를 나는 비행기들 소리에 그녀는 깜짝 놀랐다. 고개를 드니 불꽃을 내뿜는 기체들이 보였다. 장관이네! 그녀는 이보다 더 아름다운 광경을 본 적이 없었다. 다른 행인들이 건물 입구의 처마 밑으로 몸을 피한 동안, 그녀는 홀로 보도에 서서 하늘의 형상을 넋을 잃고 감탄하며 바라보았다. 그러다 갑자기 모든 것이 멈추고 하늘이 다시 어두워졌다. 그러자 거리가 슬프게 보였다. 항상 똑같은 가게들! 똑같이 비좁은 인도! 똑같은 가로등! 어디를 가든 다 똑같지! 다만 다른 곳에는 멀리서 들려오는 바다의 속삭임이 없었다. 그곳에는 그녀에게 은은한 향수 같고 행복의 약속 같은 요오드 향과 바다 내음 가득한 공기가 없었다. 이제 그녀는 집으로 서둘러 돌아가고 싶었다. **자기** 집으로, 그 예쁜 방으로 다시 돌아가고 싶었다. 하지만 그 전에 샴페인을…… 캐비어를…… 사야 했다. 시간을 아끼려고 그녀는 달리기 시작했다. 길 끝에서 다른 길로 접어들어 교차로까지 갔고, 길을 건너 모퉁이 가게로 들어갔다. 안은 사람들로 붐볐다. 차례를 기다리는 동안 그녀는 채소를 살펴보았다. 정말 훌륭한데! 호박만큼 큰 토마토는 아기 피부처럼 껍질이 얇고 부드러웠다. 한입

베어 물면 얼마나 좋을까 싶었지만 그녀는 토마토를 싫
어했다. '아쉽네! 그래도 꽤 맛있을 텐데……' 버터 한
덩이가 눈앞에서 녹아내리며 계산대 위에 넓게 퍼지는
모습을 보면 사람들이 말하는 것처럼 그렇게 추운 날씨
는 아니었다. 사람들은 1도나 2도쯤 된다고 했지만 정
말 말도 안 되는 소리였다! 그런데도 다들 두꺼운 옷
을 입었으니 사람들은 그 말을 믿는 모양이었다! 다행
히 그녀는 오래전부터 어떤 것에도 더 이상 놀라지 않
았다! 버터는 이제 폭포처럼 바닥으로 흘러내렸다. 진
열대 뒤 바닥에 웅덩이가 생길까 걱정되어 그녀는 몸
을 숙였다. "무엇을 드릴까요, 부인?" 클라리스는 바
로 몸을 일으켰다. 판매원이 미소를 지으며 곁에 서 있
었다. 그 응대를 받는 동안 클라리스 드 카라데크는 점
원이 얼마나 친절하게 자신을 대하는지 깨닫고 감동했
다. 계산대에 있던 주인도 시선이 마주칠 때마다 우아
하고 환한 미소를 지어주었다. 이토록 따뜻한 친절에
보답하기 위해 항상 이 가게에서 장을 봐야겠다고 그
녀는 마음먹었다. 사람들이 짜증 내면서 이를 갈거나
미친 할망구라 욕했지만 그녀는 부딪치는 행인들을 신
경 쓰지 않고 마침내 집 앞에 도착했고, 집을 다시 보
자 커다란 행복을 느꼈다. "인생은 정말 멋져." 지친

몸을 이끌고 계단을 오르며 중얼거렸다. "사람들도 다 너무 친절하고……." 2층 복도에서 그녀는 친구 두 명을 만났다. 잠깐 멈춰 인사를 나누고 싶었지만 그러면 친구들이 점심이나 저녁 식사에 그녀를 초대해야 한다고 부담을 느낄까 봐 고개만 살짝 끄덕여 보였다. 그들은 다정한 미소로 답하고 갈 길을 갔다. 친구들의 이런 사려 깊은 친절에 그녀는 감동했고 그들을 초대한 데 기뻤다.

방으로 들어서자 창문이 활짝 열려 있고 바닥은 흠뻑 젖어 있었다. '나는 구제 불능이야.' 그녀는 웃으면서 바다를 바라보려고 창틀에 팔꿈치를 괴며 생각했다. 하지만 그녀의 눈에는 허공밖에 보이지 않았다. 머릿속을 울리는 요란한 파도 소리만 바다가 아직 그 자리에 있다는 것을 알려주었다. 그녀 앞에 짙은 안개가 피어오르더니 갑자기 바다가 모습을 드러냈다. 출렁이고 사납게 요동치며 깊게 골이 팬 물결, 스스로를 감아올렸다가 맹렬히 풀어 헤치며 부풀어 오르는 파도. 눈앞에 펼쳐진 압도적인 광경에 매료된 클라리스 드 카라데크는 바다에서 시선을 떼지 못했다. 몸이 굳고 심장이 요동쳤지만 몸짓도, 한 번의 눈 깜빡임조차 없이 그녀는 분노에 차 울부짖는 바다의 광란 속에 함께 있었다.

"사람들이 익사하고 있을지도 몰라…… 익사했어." 그녀는 중얼거렸다. "언젠가 한 남자가 익사했어…… 언젠가 한 남자가 익사했어……." 그녀는 되뇌었다. 그 말 너머에서 무언가 떠오를 듯한 막연한 느낌이 들었다. 반드시 기억**해야만 한다**는 느낌이었다. 거대한 슬픔이 가슴을 덮쳤고, 찰나의 순간 그녀는 머릿속이 자신의 생각들이 돌이킬 수 없이 빠져드는 심연이라는 사실을 깨달았다. 갑작스러운 한기에 그녀는 창가를 떠났고 방을 가로질러 가 작은 난방용 가스히터를 켰다.

이제 그녀는 의자에 앉아 무릎 위에 라디오를 올려놓고 즐겁게 음악을 들었다. 조금 전 그녀를 그토록 강하게 뒤흔들었던 감정의 해일은 아무런 흔적도 남아 있지 않았다. 방을 감탄 어린 눈길로 바라보며 그녀는 조각상을, 천장에 닿을 만큼 큰 조각상을 사야겠다고 생각했다…… 언젠가 공원에서 그런 조각상을 본 적이 있었다…… 그 공원을 찾기만 하면 되었다…… 그러고 나면 가면무도회를 여는 것이다……. 모든 남자는 해군 장교 복장을 하고 참석할 터였다. 기뻐하며 그녀는 일어나 춤을 추기 시작했다. 그러다 갑자기 몹시 배가 고프다는 것을 깨닫고 클라리스 드 카라데크는 사 온 식료품을 가방에서 꺼내 햄 두 조각, 쁘띠 스위스 치즈•• 하나, 달걀 하나를 접시에 담았고, 사과주 병을 꺼내 잔에 가득 따랐다. 아, 정말 맛있어! 그녀는 자신이 이렇게 목마른 줄은 몰랐다! 사과주를 한 잔 더 따라 마시지 않고 탁자 위에 놓은 뒤 햄을 먹기 시작했는데 그 맛이 정말이지 훌륭했다. 마지막 햄 조각을 먹으려다 캐비어와 샴페인이 떠올라 폭소가 터졌다. 뭘 내올 때마다 실수하는 그들의 버릇은 참 우습기도 하지! 도무지 진정이 되지 않았다. 눈물이 흘러내리고 딸꾹질이 나왔다……. 마침내 진정이 된 그녀는 갑자기 피로를 느꼈고, 고개를 가슴에 떨구고 눈꺼풀을 감은 채 바다의 부드러운 속삭임만을 느끼며 의자에 축 늘어져 있었다.

거의 하얗게 밤을 지새웠지만 눈을 떴을 때 날이 맑은 것을 보고 클라리스는 침대에서 벌떡 일어나 창가로 달려갔다. 제 눈동자만큼 파랗게 느껴지는 하늘 아래 금빛 공 하나가 허공에 가만히 떠 있었다. 그녀는 공의 장엄한 모습에 감탄하다 문득 그것을 떠받치는 것이 아무것도 없으니 언제라도 떨어질 수 있다는 사실을 깨닫고는 두려워져 눈을 가렸다. 하지만 곧 수영하러 갈 수

•• 요거트 질감의 프랑스산 치즈.

있겠다는 생각이 떠오르자 두려움은 한순간에 사라졌
고 그녀는 옷장으로 달려가 종이 상자를 꺼냈다. 수영
복은 연보라색 실크 종이에 싸인 채 거기에 들어 있었
다. 흰색 테두리를 두른 수영복은 정말 예뻤고, 그녀는
실망하지 않았다. 며칠 전 파리에서 산 수영복이었는
데 그때는 바닷가에 살게 될 줄은 전혀 몰랐다. 이 수영
복을 사지 않았다면 이곳에 와서 살지 않았을지도 모르
지. 누가 알겠어? 그녀는 웃음을 터뜨렸다. 수영복을 입
은 거울 속 자신의 모습을 보며 클라리스는 눈을 믿을
수 없었다. 이렇게 아름답다니! 도저히 믿기 힘들 정도
였다. 정면, 옆모습, 사선, 뒷모습까지 완벽했다! 그러
다 거울 속에서 문 아래의 봉투를 보는 순간, 그녀는 상
념에서 빠져나왔다. 심장이 두근대는 것을 느끼며 편지
를 향해 몸을 숙였다. 기다리던 편지가 아니면 어쩌지?
그러나 길쭉하고 춤추는 듯한 필체가 그녀를 안심시켰
다. 그런데 왜 이름이 **카라데크**가 아니라 **드장주**로 되
어 있을까? 그런 실수를 할 사람은 자신뿐이라 그녀는
잠시 당황했다.

별일은 아니었다. 중요한 것은 그 편지를 받았다는
사실이었다. 그녀의 입가에 미소가 번졌다.

'나중에 내가 늙으면 다른 것들이랑 같이 열어봐야

지.' 그녀는 유쾌하게 생각하며 이미 탁자 위에 쌓인 편지들 사이에 그것을 던져놓았다.

막 수영을 하러 나가려는데 창문으로 바로 뛰어내리면 훨씬 간단하고 즐겁겠다는 생각이 문득 머릿속을 스쳤다. 눈앞에 아스팔트처럼 회색빛으로 반짝이는 바다를 감탄하고 바라보면서 클라리스는 잠시 뒤, 곧 물결 사이로 몸이 미끄러져 들어갈 때 어떤 기분일지 즐겁게 상상했다. 하지만 그녀가 바다에 기대했던 것이 그런 쾌감, 그런 즐거움뿐이었을까? 혹시 저 바닷속, 그 가장 깊은 어딘가에 그녀가 잃어버린 숨겨진 보물 같은 것이 있지 않을까? 기이한 감정, 광기에 가까운 터무니없고 열광적인 희망이 그녀를 사로잡았다. "인생은 경이로워." 클라리스는 속삭였다. 그녀는 폐에 가득 공기를 들이마시고, 몸을 날려 힘차게 뛰어내렸다.

오페라 거리에서 구급차가 인도 위에 으스러진 예순 살쯤 되어 보이는 여자의 시신을 싣고 있었다. 입고 있는 옷이라고는 가장자리에 흰색 테를 두른 연보랏빛 수영복 하나뿐이었다.

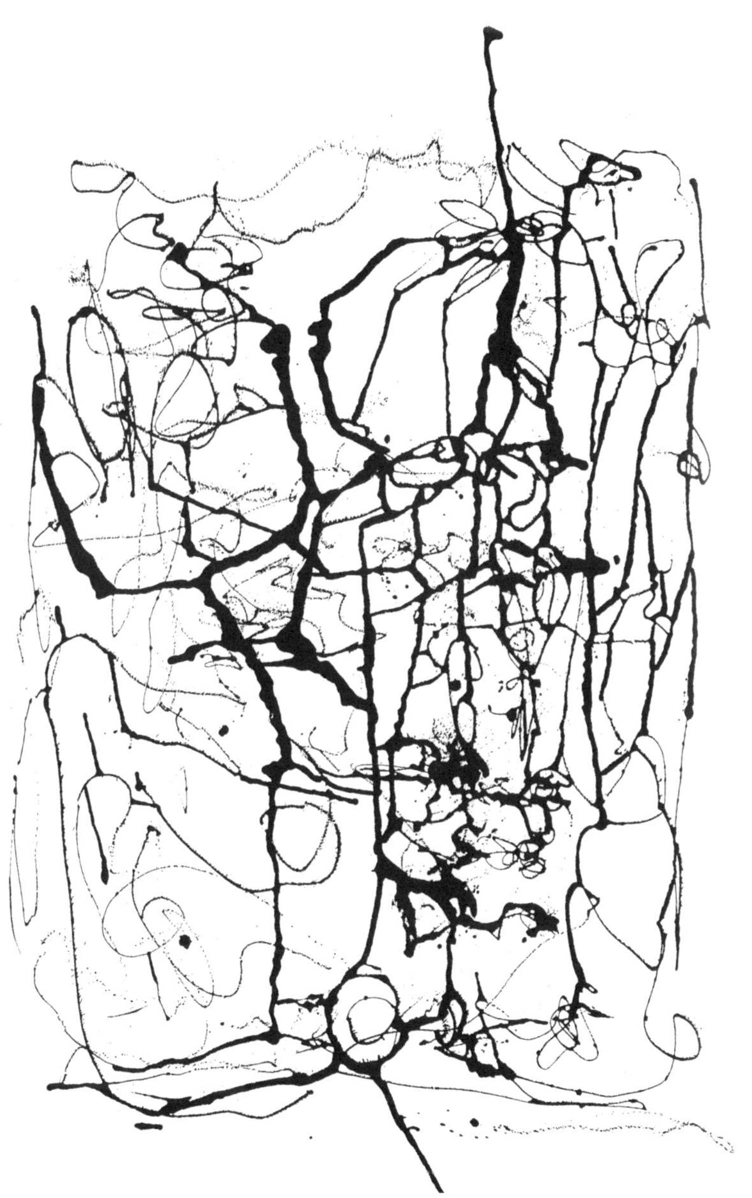

나는 혼자고 지금은 밤이다

그들은 방으로 와서 내게 움직이지 말라고 말했다.
아마도 그래서였을 것이다. 간호사인 것 같은 두 사람
이 내 몸을 가죽끈으로 침대에 묶어 침대와 하나가 되
도록 한 것은. 팔은 묶여 있지 않아서 두 팔을 공중에
뻗어본다. 이따금. 그게 조금이나마 기분 전환이 된다.
하지만 대부분의 시간에는 팔을 가만히 이불 위에 놓
아둔다. 그들은 주사를 놓는다. 아주 많이. 길고, 깊게.
그래도 꼭 필요하다고들 한다. 번갈아 가며 남자들이
내 방에 들어온다. 대개는 먼저 아주 오랫동안 아무 말
없이 나를 관찰한다. 그다음에는 내게 입을 벌리고 눈
을 감으라고 명령하고(나는 점점 더 마지못해 이 명령

을 따른다) 바늘을 입안에 넣어 뺨을 안쪽에서 바깥쪽
으로 꿰뚫는다. 고통스러워도 비명을 지르지 않는 것은
그러지 않는 편이 좋다고들 하기 때문이다. 처음에 두
사람이 그렇게 말했다. 그게 처음이자 마지막이었고,
그 이후로는 아무 말도 건네지 않았다. 그 대신 노래를
불렀다. 첫 번째 남자는 군가를, 두 번째 남자는 찬송가
를. 그들은 내 입안에 바늘을 몇 시간이고 꽂아두는 데
익숙해졌다. 며칠씩 그대로 둔 적도 있다. 하지만 내가
너무 흥분하기 때문에 잦지는 않다. 그들은 내가 참을
성 있고 순종적이기를 바란다.

이렇게 많은 보살핌을 받는다는 사실이 가끔 나를
불안하게 만든다. 결국 따지고 보면 나는 아무것도 요
청한 적이 없고, 다들 생각하는 것과 달리 어떤 호의도
바라지 않았기 때문이다. 아니다, 그들이 이런 식으로
행동하는 건 자기들 판단에 따른 것이고, 나는 그 의도
를 알 수 없다. 적어도 내게는 그렇게 느껴진다. 그런데
도 가끔 나는 그들이 모두 죽어버렸으면 하고 바라게
된다. 사실 나는 그들이 그걸 눈치채고 있다고, 의심하
고 있다고 생각하는데 내가 그런 생각을 하기가 무섭게
그들 가운데 한 명이 나타나 분노가 가득 찬 표정으로
나를 노려보며 주먹을 휘두르면서 위협하기 때문이다.

그러는 동안 나는 잘못을 인정하고 무력감에 북받친 눈물을 흘린다. 놀라운 것은 모두 내게 아무 말도 아무 설명도 하려 들지 않는다는 점이다. 예를 들어 나는 왜 여기에 있나요? 얼마나 오래 있었을까요? 영원히 여기 머물러야 하나요? 여기 오기 전에는 살아 있었습니까? 그렇다면 어디에서? 이런 질문을 해도 그들은 입을 다문 채 아무 말도 하지 않는다. 도대체 무슨 이유인지 궁금하다. 아마도 나는 기억을 잃은 모양이다. 애초에 기억이 없었던 것이 아니라면. 어느 쪽이든 결국 똑같다. 밤이면 종종 보이지 않는 누군가가 살금살금 내 방에 들어온다. 그는 갑자기 내 얼굴에 전등을 비추고 껐다 다시 켜기를 끝없이 반복한다. 마치 그 행위로부터 무언가가 일어나길 기다리는 것처럼. 아무런 일도 일어나지 않는다. 그저 내 안에서 점점 더 불안이 커질 뿐. 게다가 이곳에는 이것 말고도 나를 불안하게 하는 것이 많다. 그것들에 대해서는 아무 말도 하지 않는 편이 좋겠다. 적어도 지금은.

예를 들어 나는 차라리 이 방에 대해 이야기하고 싶다. 방이 아름다웠더라면 말이다. 하지만 이곳은 어둡고 음침하며 지저분하다. 벽은 흉한 얼룩으로 더럽고, 그 위를 떼 지어 다니는 벌레들, 내 피를 잔뜩 머금은 검은 벌레들이 우글거린다. 내가 이곳을 방이라고 부르는 건 생김새 때문이다. 오직 그뿐. 차라리 움막이나 골방, 잡동사니 창고라고 부르는 편이 맞겠지만 그러면 내가 조금 불편할 듯싶다. 어제는 오늘 음식을 주겠다고 약속했다. 그 이후로 나는 기다리고 있다. 그들이 이렇게 신경 써주는 것은 어쨌든 친절한 일이다. 내게 먹을 것을 준다는 점 말이다. 여기서는 그들이 모든 것을 준다. 그런 이유에서 (잘 생각해보면) 내가 불평하는 건 잘못인지도 모른다. 가장 우울한 것은 단 한 순간도 혼자 있을 수 없다는 점이다. 내 방에는 사람들이 끊임없이 드나든다. 사람들이 방 안을 돌아다니고, 이따금 숨 쉴 공기가 부족할 정도로 몰려든다. 형체가 제대로 갖춰지지 않은 존재들인데 팔다리 중 하나 또는 둘이 없는 경우가 많고, 어떤 이들은 머리가 없다. 그러나 불행해 보이지는 않는다. 행복해 보이지도 않지만. 그들이 없고 그래서 내가 혼자일 때면 눈이 천장에서 나를 감시한다. 가끔 더 이상 견딜 수 없어져 그 눈을 맞히려고 침을 뱉지만 소용없다. 침이 다시 내 침대로 떨어질 뿐이니까. 조금 전 머리가 헝클어진 여자가 미소를 띠며 음식과 쟁반이 놓인 이동식 탁자를 끌고 들어왔을 때만 해도 내 입에는 여전히 바늘이 꽂혀 있었다.

먹을 생각으로 나는 정신이 나갈 것 같았다. 하지만 내 입에서 바늘을 빼주지 않자 여자는 나중에 다시 와서 탁자를 치워버렸다. 이 집의 체계는 정말 엉망이다. 내가 먹기를 바란다면 먹을 수 있게 해주는 것이 당연했을 텐데 말이다. 나는 그들이 왜 이런 식으로 행동하는지 알고 싶다. 얼마 지나지 않아 누군가 와서 내게 꽂힌 바늘을 빼 갔다. 내가 토한 피가 다시 침대 시트를 더럽혔다. 이렇게 등을 대고 움직이지 못하는 상태로 있기가 점점 더 고통스럽다. 그들이 알아야 할 텐데. 이쯤 되면 일부러 그러는 게 아닌가 싶다. 그들 나름의 장난일지도 모르겠다. 어젯밤에 무슨 일이 있었는지를 떠올리면 마음이 괴로워진다. 키가 크고 몸집이 거대한 남자가 내 방에 들어왔고 정말 작은 남자가 따라왔다. 첫 번째 남자가 내 상태를 묻자 두 번째 남자가 대답하는 말이 들렸다. "진전이 있습니다, 주인님." 그 대답에 주인은 갑자기 걷잡을 수 없는 폭소를 터뜨렸다. 하지만 어처구니없는 희망으로 가득 차서 나는 주인이 있다면 (그러니까 지금껏 내가 본 건 모두 하급자들이었다) 내 마음을 짓누르던 여러 의문들에 대한 해명을 주인에게 들을 수 있겠다고 속으로 되뇌었다. 적절한 순간에 그에게 질문하고, 필요한 경우 그는 선해 보였으니까 자비를 구하기만 하면 마침내 진실을 알고 내 처지도 나아질 것 같았다. 그는 위엄 있는 몸짓으로 작은 남자에게 나가라고 명령했다. 그가 명령대로 하자 주인은 방의 한쪽 끝까지 가더니 몸을 약간 숙이고 지금까지 한 번도 본 적 없던 구멍에 눈을 가져다 댔다. 그가 꼼짝 않고 구멍을 들여다보는 동안 나는 무엇을 보고 있는지 궁금해 온몸이 근질거릴 정도였다. 꽤 재미있는지 낄낄 웃는 소리가 들렸다. 가끔 돌아서서 나를 향해 아무 걱정 하지 말라고, 다 잘되어가고 있다고, 적어도 그가 원하는 대로 되고 있다고 알려주려는 듯 눈을 찡긋했다. 내 곁으로 돌아왔을 때 그는 재미있어하는 표정으로 오랫동안 바라보았고, 동시에 노골적인 기쁨을 드러내며 손을 비볐다. 그와 대화하기에 좋은 기회인 듯해 입을 열었지만 입안이 상처와 고름으로 가득 차 너무 처참한 상태인 데다 살이 너무 부어올라 한마디도 할 수 없었다. 그는 내 위로 몸을 숙이고 코와 귀, 턱을 손가락으로 가볍게 톡톡 건드리며 결론을 내리듯 말했다. "좋아…… 아주 좋아…… 완벽해…… 너무나 완벽해." 부드럽고 감미로운 목소리였지만 나는 아무런 감흥도 느끼지 못했다. 아마도 그 순간 내가 끔찍한 침대에 묶여 죽어가는 모습을 보는 게 어떻게 그처럼 만족스러운지 생각하고 있었기 때문일 것이다. 그는 방에서 떠나기 전 벽으로 돌아가 구멍으로 재빨리 바깥을 내다보고는 달려 나갔다. 그들이 팔을 잘라냈을 때(어제 잘랐다) 너무 크게 비명을 질러 나는 여전히 힘이 하나도 없다. 그 소리를 듣기가 짜증이 났는지 결국 내 입에 재갈을 물렸다. 내가 사방으로 몸을 뒤틀자 그들은 말했다. "그렇게 몸부림치지 마세요. 조금만 참으면 다른 사람이 되어 있을 거예요, 집을 떠날 수 있어요." 고백하자면 이 마지막 말이 내 고통을 이겼고, 그 뒤 나는 전혀 움직이지 않고 그대로 있었다. 드디어 내가 여기서 나가게 되는구나! 내 팔을 자르는 것은 어쩌면 '그곳'에서는 팔이 필요 없기 때문일지도 모른다. 그렇지 않으면 왜 그랬겠는가? 그들이 내게 악의를 가질 이유가 전혀 없다. 얼마 전부터 그들은 내 입안에 바늘을 꽂던 습관을 눈에 주사를 놓고 액체 몇 방울을 떨어뜨리는 것으로 바꾸었다. 이상하게도 그다음부터 나는 거의 아무것도 볼 수 없게 되었다. 조금 더 지속되면 아예 보지 못하게 되리라는 확신이 든다. 사실 상상만으로는 내게 가해지는 이 행위들의 목적이 무엇인지 도저히 알아낼 수 없다. 그 목적을 알면 기쁘고 큰 위안을 얻을 텐데. 그러면 내 마음을 끊임없이 괴롭히는 불안을 몰아낼 수 있을지도 모른다. 어제 그들이 들것을 가져와 주인이 내 몸을 그 위에 실으라고 지시했을 때는 정말 두려웠다. 나를 기구가 가득한 방으로 데려가 다리를 자르려는 것이 아닌가 걱정이 되었기 때문이다. 하지만 그들은 아무것도 하지 않았다. 내 코와 귀만 건드렸을 뿐. 눈도 살짝 건드렸는데 그 결과 지금 나는 정말로 아무것도 보이지 않는다. 시작하기 전에 마스크를 쓴 사람이 말했다. "이제부터는 제가 당신을 맡겠습니다." 정말 그럴 필요가 있는지 의문이었지만 그들은 내게 아무것도 묻지 않았다. 만약 물었다면 나는 싫다고 말했을 것이다. 하긴 내가 무슨 생각을 하는지 묻는 게 그들의 방식이 아니라는 것은 눈치챘다. 내가 겪는 고통에 대해서는 신체적이든 정신적이든 자세히 말하지 않겠다. 이 고통은 끔찍하다. 길게 말한들 무슨 도움이 되겠는가? 게다가 나 혼자만 그런 것이 아니다. 내 방을 돌아다니던 사람들을 보라. 우리가 말을 주고받을 수 있었다면…… 이런저런 생각을 나눌 수 있었다면, 누가 알겠는가, 어쩌면 도움이 되었을지도 모르는 일이다. 하지만 그러는 건 그들에게도 불가능했던 모양이다. 그게 아니라면 했겠지. 목소리를 듣고 나는 내 방에 들어온 사람이 주인이라는 것을 알아차렸다. 그는 내 머리에 감긴 붕대를 풀라고 명령했다. 내 침대에 앉아 있던 누군가가 명령에 따라 붕대를 풀기 시작했다. 마지막 남은 부분에 이르렀을 때 그는 코와 귀의 상처에서 붕대를 부드럽게 떼어내는 대신 이해할 수 없이 거칠게 잡아 뜯었다. 정말이지 그들의 방식에는 끝내 익숙해지지 못할 것 같다. 그런 다음 내 이불을 걷어내는 것이 느껴졌다. 목소리가 속삭이듯 들려온 걸 보면 주인이 내 얼굴 가까이 몸을 숙였던 모양이다.

"우리는 당신을 위해 최선을 다했습니다. 모든 걸 준비해드렸습니다. 어떻게 활용할지는 당신에게 달려있습니다! 이제 가도 됩니다. 일어나세요. 출구까지 동행하겠습니다."

이 말에 당황해서 나는 두 발로 벽을 차며 불만을 표시했다. 내 상태를 고려했을 때 나를 내쫓기에 시기가 적절하지 않다고 느꼈기 때문이다. 그들은 나를 진정시키기 위해 내 얼굴과 온몸에 뜨거운 물을 한 양동이 들이부었다. 일어나려고 했지만 나는 다리에 힘이 풀려 비틀거리다가 바닥에 쓰러지고 말았다. 그러자 그들은 나를 어떻게든 질질 끌고 수많은 복도를 지나갔다. 만약 팔이 남아 있었다면 나는 그 팔로 틀림없이 그들의 다리를 붙들었을 것이다. 마침내 어떤 장소에 도착했는데 그곳은 출구가 분명했다. 주인이 문을 활짝 열라고 명령하는 소리가 들렸으니까. 곧 얼음같이 차가운 바람이 내 벌거벗은 몸을 고통스럽게 강타했다.

"나가십시오!" 주인이 침착하지만 단호하게 나를 밖으로 밀쳐내며 말했다. **"당신은 이제 자유로운 사람입니다."**

그 이후 나는 혼자고 지금은 밤이다.

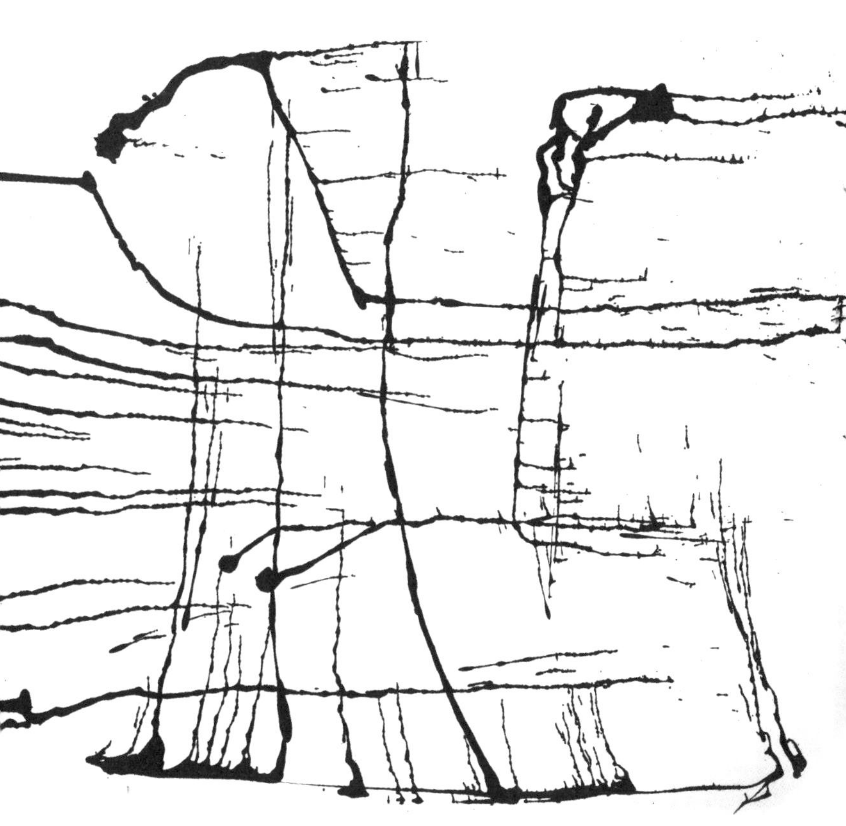

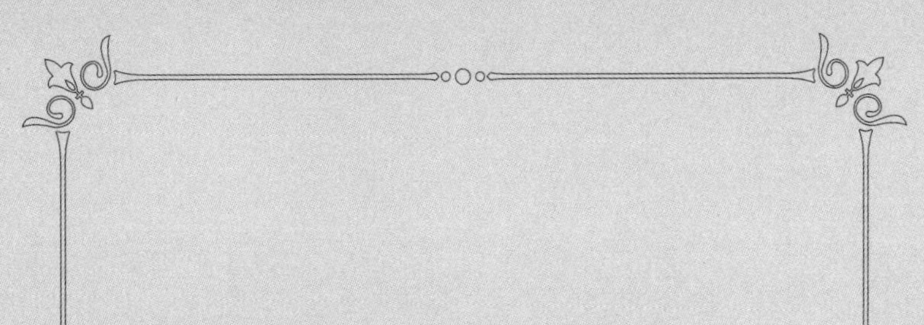

지하 납골당
마르그리트 뒤라스가 기록한 작가와의 대화

마르그리트 뒤라스(이하 D) 〈지하 납골당〉을 끝까지 썼다면 이 작품이 당신의 단편집에서 유일하게 실제 겪은 사건을 다룬 소설이었겠지요?

바바라 몰리나르(이하 M) 네, 유일한 이야기였을 거예요.

D 어떤 일이 있었는지 이야기해주기로 했죠?

M 네. 이렇게 한번 시도해보죠.

어느 날 저는 16구를 걷고 있었어요. 아주 높은 벽을 따라 걷고 있었죠. 그 벽 너머에 뭐가 있는지 몰랐는데 갑자기 묘지라는 것을 깨닫게 되었습니다. 안으로 들어갔어요. 요즘은 묘지 산책을 좋아하지만 당시에는 전혀 아니었어요. 어쨌든 들어가서 걷기 시

작했어요. 그러다 사랑의 신전 앞에 다다랐죠. 신전
은 철창으로 둘러싸여 있었어요. 문을 밀자 문이 열
렸지요. 계단은 신전의 중앙에서 시작했어요. 저는
내려갔어요. 계단은 스무 개쯤 되었죠. 계단을 내려
가는데 어떤 안도감이 느껴졌어요. 아래에 도착하자
침묵이 저를 사로잡았습니다. 방은 반원형이었어요.
방 끝에 무덤 네 개가 보였죠. 그곳의 침묵은 다른 어
떤 것과도 비교할 수 없었고, 마치 귀가 먹먹해진 듯
한 기분이 들었어요. 계단에 앉아 있는 동안 엄청난
평온함이 서서히 저를 감쌌어요. 다시 올라가야 한
다는 생각이 몇 번이나 들었어요. (남편이 기다리고
있을 테니까요.) 그런데도 거기에 그대로 남아 있었
어요. 평온하고 행복한 채로요. **받아들여진 느낌.**

D 그 평온함에 대해 이야기해줄 수 있을까요?

M 그 순간에는 말할 수 없었을 거예요. 지금 생각하면
아마도 제가 **바깥**에 있었기 때문인 것 같아요. 사람
들로부터, 거리로부터, 모든 것으로부터요. 거긴 이
상하게도 정말 평온한 곳이었어요. 사람들 혹은 세
상과 저 사이에는 항상 어떤 간극, 장애물 같은 게 있
었어요. 그런데 그곳에서 저는 분리되어 있었죠. 제
가 다시 술집으로 돌아왔을 때 사람들이 웃고, 떠들

고, 술을 마시고 있었어요. 마치 아무 일도 없었던 것
처럼요. 그걸 보고 저는 달아났어요. 그 이후로는 잘
기억나지 않아요.

D 그 지하 납골당이 당신에게 무언가를 떠오르게 했나
요?

M 아니요. 아무것도요. 그 순간에는 남편도 아이들도
제게 전혀 중요하지 않았어요. 아무 생각도 없었어
요. 그저 평온했어요. 다른 말로는 설명하지 못하겠
네요.

D 즐거웠나요?

M 아니요, 즐거웠던 것은 아니에요. 평온했어요.

D 지하 납골당을 다녀온 뒤엔 어떻게 되었나요?

M 그 이후 이틀 동안 무슨 일이 있었는지는 기억나지
않아요. 전혀 기억나지 않아요.

셋째 날이 되어서야 제가 사흘 낮과 밤을 그 지하 납
골당에서 보내야만 한다는 게 확실해졌던 건 기억이
나요. 남편에게 그렇게 하겠다고 말했어요. 그이는
잘 받아들였어요. 아무런 반대도 하지 않았죠. 그 순
간부터 저는 납골당에서 지내기 위해 무엇이 필요한
지 생각하기 시작했어요. 아무것도 빠뜨리지 않으려
고 목록을 만들었죠. 양초, 바도와 생수 두세 병, 적

✝

포도주 한 병, 따뜻한 옷들, 소시지, 빵, 그리고 무엇보다도 침낭.

D 책은요?

M 네. 책이 가장 중요했을 텐데 이제 보니 그걸 깜박했네요. 친구에게 전화를 했는데 이미 빌려줬다고 하더라고요. 침낭이 없는 게 꽤 신경 쓰였어요.

D 아이들에게는 사실대로 말했나요?

M 네, 사실대로 말했어요. 숨길 게 없었죠. 아이들의 반응이 아주 격렬했어요.

제 계획은 다음 날까지 기다렸다 떠나는 거였어요. 침낭이 있든 없든 그 묘지로 가려고요. 다음 날은 **수요일**이었죠. **수요일**에 무덤에 갈 거였어요. 토요일 아침에 돌아오고요. 주말은 거기서 보내고 싶지 않았어요. 사람이 너무 많으니까요.

D 납골당에 가지 않으리라는 것을 언제 알았나요?

M 화요일 저녁이요. 남편이 집에 돌아왔는데 의사를 만났다고 하더라고요. 의사가 말하길 제가 납골당에 가는 것이 **남편과 아이들에게** 매우 나쁜 영향을 줄 거라고 했대요.

화요일 밤 저는 잠을 한 시간 정도 잤어요. 깨어났을 때는 기진맥진한 상태였고 신체적 고통이 시작된 건 그날 밤부터예요. 끔찍한 근육통이었어요. 그저 침대에서 몸을 뒤척이는 데에도 엄청난 시간이 소요됐어요. 그날 밤 이후로 매일 밤 다른 고통이 찾아왔어요. 목, 등, 팔다리에 통증이 있었죠. 그러고 나면 식은땀이 났어요. 그 뒤에는 숨이 찼고요. 더 이상 숨을 쉴 수가 없었어요.

낮 동안에는 통증이 가라앉았지만 밤이 되면 다시 도져 저를 깨웠어요. 거의 잠을 자지 못했죠.

한 달가량 대화 중이던 사람과 완전히 단절되는 일이 종종 생겼어요. 저는 그 사람을 보고 있어요. 그런데 갑자기 아무 소리도 들리지 않는 거예요. 상대의 입술이 움직이고 있지만 아무 소리도 전해지지 않았죠. 그건 무척 편안한 느낌이었어요.

어느 순간 문제가 점점 심각해져서 결국 의사를 찾아가기로 했어요. 의사에게 전부 털어놨어요. 그 납골당에 대해 이야기하고, 제가 겪는 끔찍한 고통도 말했죠. 의사는 이렇게 말하더군요.

"당신의 고통에는 관심이 없습니다. 당신이 그런 고통을 겪은 것은 축복이에요. 앞으로도 고통은 계속되고 더 심해질 수 있어요. 바로 그 고통들이 당신을 **치유**하고 있습니다. 당신은 정말 운이 좋은 거예요."

의사는 뇌 구조를 스케치하며 그 고통이 몸 전체로 퍼지는 대신 뇌 안에서 진행되었다면 어떤 일이 생겼을지 설명하려고 했어요. 앞으로 한두 달은 온갖 신체적인 증상들이 더 나타날 수 있지만 결국엔 저절로 사라질 거라고 했어요. 그런데 갑자기 그와 접촉이 완전히 끊겼어요. 입술이 움직이는 게 보였는데 말이 들리지 않았죠. 그러다 다시 들리기 시작했어요.

D 그 사람이 하는 말을 전혀 알아듣지 못했나요?

M 의사가 하는 말은 흥미로웠고, 마음이 동요됐어요. 그 순간에는 두렵지 않았어요. 어떤 일이 일어날 수도 있었다는 생각 때문에 두려워진 건 나중이에요. 저는 근육통이 그 납골당과 연관이 있다고 생각했어요. 통증이 심해졌는데 그건 바닥에, 돌바닥에 누워 있다면 느꼈을 법한 고통이었어요.

그 뒤 브르타뉴로 떠났습니다. 혼자서요. 딸들이 이미 그곳에 있었지만요. 저는 아이들에게 제가 갈 테지만 우연히 마주치지 않는 이상 만나고 싶지 않다고 편지를 썼어요. 결국엔 그렇게 되었죠. 제가 머문 방은 그때껏 본 적 없는 구조였어요. 그 방은 1층에 있었고 길쭉했죠. 침대와 옷장 사이에 겨우 몸 하나

지나갈 만한 공간뿐이었고요. 저는 방의 너비만큼 되는 탁자를 달라고 했어요. 방 끝에 황량한 땅이 보이는 창문이 하나 있었어요. 거의 밖에 나가지 않았죠. 그 방에서 무척 행복했어요. 제게 완벽하게 알맞은 공간이었죠.

D 그 방에서 뭘 했어요?

M 글을 썼어요. 뭘 썼는지는 전혀 기억나지 않아요.

D 그 방과 납골당 사이에 어떤 관련이 있다고 느꼈나요?

M 네, 하지만 바로 그런 것은 아니고 한 달쯤 지나고 나서였어요.

D 아직도 그 납골당에 대해 생각하세요?

M 가끔이요. 의사 말로는 제가 납골당에 갔더라면 정말 아주 위험했을 거라고 했어요. 저는 제게 생긴 문제들이 지하 납골당에 **가지 못하게 된 데**서 비롯했다고 생각하지만요.

D 여전히 납골당에서 사흘을 보내고 싶은 게 자연스럽다고 느끼세요?

M 네, 당연히요. 의사는 합리적으로 생각하면 그건 미친 짓이라고 말하지만, 저에게, 제 안에서는 전혀 그렇지 않아요.

D 죽음은 당신의 모든 이야기 속에 있죠.

M 네, 죽음은 이제 남은 유일한 놀라움이에요. 왜냐하면 삶에는 더 이상 놀랄 만한 것이 없거든요. 그래서 죽음이 매혹적이죠. 저는 조금도 무섭지 않아요. 저는 죽고 나면 무슨 일이 일어난다고 믿어요. 흥미로울 것 같은 일이요. 신앙심은 전혀 없어요. 그래도 어쨌든 죽음은 삶보다 더 나아야만 해요. 삶 속에서는 붙잡을 수 없는 무언가를 우리는 죽음 속에서 붙잡을지도 모르니까요.

D 어쩌면 당신이 말하는 건 죽음 자체가 아니라 죽음의 순간이 아닐까요?

M 아니요. 저는 죽음의 순간에 대해서는 생각하지 않아요. 흥미롭지 않거든요.

D 허무, 그건 뭘까요?

M 그건 오히려 여기죠. 우리가 살아가는 것, 그게 허무예요. 바보짓이죠. 허무는 어디에나 있어요. 도시에도, 사람들 속에도요. 인간이란 종(種)은 더 나아져야 해요. 우리는 정말 보잘것없어요.

D 당신은 내게 이렇게 말했었죠? **"제가 저답게 살려면 약을 해야 할지도 모르겠어요."**

M 그래요. 저는 자신을 넘어서려 하지 않을 거예요. 스

스로에게 압도되지도 않을 거고요. 저는 그저 나 자
신이 되고 싶을 뿐이에요.

스로에게 압도되지도 않을 거고요. 저는 그저 나 자
신이 되고 싶을 뿐이에요.

옮긴이의 말
백수린

몇 년 전 프랑스의 한 소도시에 머물던 어느 겨울, 나는 한낮에 책을 들고 강가로 혼자 산책을 나가곤 했다. 겨울의 은빛 햇살이 가득한 강둑의 벤치에 앉아 책을 펼쳐 읽노라면 개나 유아차를 동반한 가족이나 연인, 친구 들이 내 곁을 지나갔다. 책장을 넘기다가 고개를 들어 그런 풍경을 볼 때면 가슴엔 슬픔이 차올랐다. 책 속의 인물들이 느끼는 한없는 고독과 절망이 책 밖의 풍경과 너무나도 대비되었기 때문이다. 그 겨울 나를 그 도시로 초대한 이는 프랑스 현대문학 연구자이자 시인으로 내게 늘 새로운 프랑스 작가들을 알려주었던 오랜 지인이었다. 어느 밤 그녀는 나와 긴 산책을 하던 중 어떤 작가의 책을 읽고 있느냐고 물었다.

"바바라 몰리나르라는 프랑스 여성 작가인데 아마 들어보지 못했을 거야." 혹시 아는지 내가 묻자 그녀는 고개를 저었다. 그리고 말했다. 정말로 한 번도 들어보지 못한 이름이라고.

지난 몇 해 동안 소설을 쓰는 틈틈이 나는 이 책을 번역했다. 드문드문 작업하면서 어떤 작가의 작품을 번역하고 있느냐는 질문을 종종 받았고, 그때마다 나는 마법의 주문을 외우듯 늘 똑같이 대답했다. "바바라 몰리나르라는 프랑스 여성 작가의 작품인데 아마 들어보지 못했을 거예요." 나는 서둘러 덧붙였다. "하지만 기이하고 고통스러운데 무척 슬프고 묘하게 아름다운 소설들이에요."

한국인은 물론 문학에 꽤 조예가 깊은 나의 프랑스 지인 중 누구도 바바라 몰리나르를 알지 못하는 이유는 그녀의 책이 생전 단 한 권만 출간되었고, 그마저도 큰 주목을 받지 못한 채 금세 절판되었기 때문이다. 영원히 잊힐 뻔했던 그 이름을 망각에서 끄집어낸 사람은 이 책의 영문판 번역자인 에마 라마단이다. 영문판에 실린 '옮긴이의 말'에 따르면 그녀는 마르그리트 뒤라스의 책을 다른 작가와 공동 번역하던 2017년 여름, 링컨 우즈의 나무 그늘 아래에서 한 산문집을 읽다가 뒤라스가 바바라 몰리나르의 책에 대해 쓴 서문을 우연히 발견했다. 그 서문을 읽고 몰리나르의 책을 반드시 읽어야 한다는 충동에 사로잡힌 그녀는 한참을 찾아 헤맨 끝에 가까스로 원서를 구한다. 그리고 소설집에 실린 첫 작품을 읽자마자 단숨에 매료되어 이 기이하고 특별한 책을 번역하기로 결심한다.

에마 라마단의 마음을 빼앗은 뒤라스의 서문 전문은 한국어판에도 실려 있다. 《나는 혼자고 지금은 밤이다》를 일독한 뒤 영문판 옮긴이의 말을 읽었을 때, 나는 뒤라스의 서문을 읽고 에마 라마단이 느낀 갈급한 욕망을 이해할 수 있었다. 나 역시 뒤라스의 서문을 처음 읽었을 때 몰리나르를 모르는 채로 이미 그녀의 작품을 좋아하게 되었기 때문에. 에마 라마단과 마찬가지로 뒤라스의 애독자인 나는 그가 설득해 출간하게 만들고 서문까지 써준 작가에게 관심을 갖지 않는 게 불가능했으니까. 게다가 서문에 따르면 바바라 몰리나르는 8년 동안 자신이 쓴 모든 글을 폐기해온 작가였다. 작가로서 나는 힘겹게 쓴 작품을 스스로 폐기하는 고통과 폐기하게 될 걸 예감하면서도 8년이나 계속 쓰는 고통 가운데 무엇이 더 괴로운 일인지 가늠하기 어렵다.

일찌감치 절판된 탓에 프랑스 출판사에도 PDF가 없어 구할 길이 요원한 그 원고를 고군분투하며 찾아낸 영문판 옮긴이 덕분에 나는 큰 고생을 하지 않고 몰리나르의 원고를 읽을 수 있었다. 영문판의 성공 이후 지금은 프랑스어판이 재발행되어 있지만 한국어 번역에 착수할 당시만 해도 내가 지닌 것은 아마도 영문판 옮긴이가 공공 도서관에서 찾아내 직접 스캔한 것으로 추정되는 1969년 초판의 원고 스캔본과 영어 번역본뿐이었다.

사정이 이렇다 보니 작가에 대해 알려진 내용은 거의 없다. 어떻게 글을 쓰기 시작했는지, 뒤라스와는 어떻게 우정을 쌓았는지 독자로서 궁금하지만 이와 관련된 정보는 찾기가 힘들다. 당연히 그녀의 작품을 연구한 논문도 없고, 생전에 유명했던 작가가 아니다 보니 그녀를 인터뷰한 기록도 없다. 작가의 삶에 대해 내가 아는 것은 다음과 같은 한 줌의 정보뿐이다.

1921년 파리에서 태어난 바바라 몰리나르는 1945년 파트리스 몰리나르와 결혼했고 두 딸 아녜스, 로랑스와 함께 오베르쉬르우아즈에서 살았다. 그녀는

1960년까지 당시 꽤 잘나가던 영화감독이자 사진가인 남편을 도와 그의 스튜디오에서 함께 일했고, 마흔이 되어서야 본격적으로 글을 썼다. 끊임없이 썼지만 우리가 이미 잘 알듯 강박과 자기 파괴적인 완벽주의로 인해 1969년, 남편과 뒤라스가 설득해 간신히 프랑스 메르퀴르 출판사에 보낸 열네 편의 작품을 제외하면 세상에 남은 원고는 더 이상 없는 듯하다. 이 책이 큰 반향을 일으키지 못하고 절판된 이후 몰리나르는 1989년 심장 질환으로 세상을 떠날 때까지 다시는 어떤 글도 발표하지 않았다.

그녀에 대한 정보는 간략하나 뒤라스가 가까스로 살려낸 열네 편의 작품 덕분에 알게 되는 것들도 있다. 뒤라스의 서문에 따르면 이 소설집에 실린 악몽처럼 기이하고 환상적인 이야기들이 상상도 꿈도 아닌, 작가가 "실제로 살아낸 것"들이기 때문이다. 그런 의미에서 보면 주인공의 젠더가 매번 여성인 것은 아니고(남성인 경우가 더 많다) 시점도 늘 1인칭이 아니지만(3인칭이 더 많다) 이 소설들은 작가가 평생에 걸쳐 겪은 고통과 광기에 언어로 맞서 싸운 자전적인 기록이다.

이 소설집에 실린 인물들은 대체로 누군가를 찾고 어딘가로 떠나지만 만나지도 도달하지도 못한다. 그들

은 어딘가로 던져지거나 영문도 모른 채 원치 않는 순
간에 내쫓긴다. 여러 단편에 걸쳐 반복적으로 주인공
에게 "와줘"라고 속삭이는 이는 대체 누구인가?(이 책
의 원제는 한국어로 '오라' 또는 '와' '와줘'로 번역되는
'Viens'이다) 흥미로운 것은 몰리나르의 소설 속 인물
들은 대체로 전사를 갖지 않는다는 점이다. 누구인지,
어떤 삶을 살았는지 독자로서 알 길이 없는 그들은 시
간적으로도 공간적으로도 배경이 불분명한 어떤 곳에
그저 느닷없이 존재하고, 무한히 반복되는 고독하거나
부조리하고 너무 자주 폭력적인 일상을 영문도 모른
채 견딘다. 몰리나르의 소설을 이야기하며 영문판 옮
긴이는 "몰리나르를 캐서린 맨스필드, 프란츠 카프카,
리어노라 캐링턴 같은 작가들과 비교하기는 쉽다. 그
러나 그녀는 그들과도 전혀 다르다"라고 말한다. 나는
그녀의 소설을 번역하며 언급한 작가들 외에도 이따금
사뮈엘 베케트나 실비아 플라스, 앤 섹스턴 같은 작가
들을 떠올렸지만 몰리나르의 글쓰기는 그들의 것과도
다르다.

　지금껏 나는 프랑스어권 작가들의 작품을 몇 편 한
국어로 번역했고, 그 작품들은 모두 한국에 잘 알려진

작가들의 것이었다. 왜냐하면 나는 독자로서 이미 오랫동안 좋아한 여성 작가들의 작품만을 수집하듯 일부러 선택해 번역해왔기 때문이다. 그런 맥락에서 처음 이 소설집을 번역하기 시작했을 무렵 나는 이 작업이 번역해온 작품들의 지형에서 조금 비켜나 있다고 느꼈다. 하지만 번역을 마친 지금 나는 그 생각을 수정하게 되었는데 이제 바바라 몰리나르가 내가 좋아하는 여성 작가 목록에 추가된 까닭이다. 소설을 읽는 동안 나는 아무리 찾아도 존재하지 않는 것 같은 출구를 찾아 피투성이가 된 몸으로 계속 나아가려 분투하는 한 여성의 실존적 불안, 고독, 광기를 머리가 아닌 마음으로 이해할 수 있었으니까.

세상에 존재할 수 없었던 이 책이 존재하게 된 건 몰리나르의 글에 매혹되어 그것을 살려내려 애쓴 한 여성 덕이고, 망각될 뻔한 이 작품이 시간의 지층 위로 나오게 된 건 그녀들의 이야기에 매혹된 또 다른 여성 덕이다. 그리고 그녀들의 여정에 매혹된 또 한 여성에 의해 이 책이 한국어로 번역되어 독자를 만나게 되었다. 이야기는 이렇듯 이야기를 불러오고, 매혹은 매혹을 불러온다. 워낙 독특하게 글을 쓰는 작가이다 보니 불안정

하고 미친 듯하며 섬뜩한 몰리나르의 문장들을 해치지
않으면서 한국어로 자연스럽고 정확하게 잘 번역하고
있는지 내내 고민이 깊었다. 원고를 교정하던 가운데
내가 적은 메모에는 이런 문장이 쓰여 있다.

"이 엉망진창이고 고통스럽고 아름다운 작품을 내가
잘 살려내고 있는 걸까?"

고민은 끝이 없지만 번역을 마친 지금 나는 다만 "이
엉망진창이고 고통스럽고 아름다운" 소설들에 내가 매
혹되었듯 이번에는 독자들이 매혹되기를 바랄 뿐이다.

나는 혼자고 지금은 밤이다

초판 1쇄 인쇄 2025년 12월 25일
초판 1쇄 발행 2025년 12월 31일

지은이 바바라 몰리나르
옮긴이 백수린
펴낸이 유강문
문학팀 최해경 박선우 박지호
마케팅 김한성 조재성 박신영 김애린 오민정 우지윤

펴낸곳 (주)한겨레엔 www.hanibook.co.kr
등록 2006년 1월 4일 제313-2006-00003호
주소 서울시 마포구 창전로 70(신수동) 화수목빌딩 5층
전화 02) 6383-1602~1603 팩스 02) 6383-1610
메일 munhak@hanien.co.kr
ISBN 979-11-7213-359-7 (03860)